屈強な騎士と民衆の熱狂を手に。
神殺しの戦士はその衝動と覇道を進む——。
賞賛の叫びはなかなか収まらない。
——テオドリック。その名を叫ぶ熱狂は、
やがて『円卓の都』のいたるところに広がっていった。
聖王テオドリック
『円卓の都』の騎士団盟主にして聖王の称号を持つ神を殺《あや》めし戦士。

「主はおおせられる。咎人に裁きを下せ。
背を砕き、骨、髪、脳髄をえぐり出せと——。
鋭く近寄りがたき者よ、契約を破りし罪科に鉄槌を下せ！」
草薙護堂vs.六波羅蓮——。
神殺し同士の死闘の結末は…!?
六波羅蓮　ろくはら れん
魔術結社≪カンピオーネス≫に所属する工作員《エージェント》。
数々の神を倒す神殺しのひとり。チャラい見た目と言動でやや軽薄に見られる。

ついに巨大イノシシが『ずずぅぅぅんっ!』と
地響きを立てて、大地に降り立った。
「さあ!　いっちょ勝負と
しゃれ込むか、後輩!」
草薙護堂　くさなぎ ごどう
数々の神話世界の神たちを殺してきた神殺し。≪魔王≫とも称される。
一度は行方をくらませたが、異界の変動に対し再び行動することに――。

『魔王殲滅の勇者』が
神殺しの戦士に挑む――。
救世の神刀・建《タケ》御《ミカ》雷《ヅチ》と
魔剣・エスカリブール。

死闘の勝敗は……そして運命の行方は——!?
雪希乃はとっさに救世の剣をかざして、
聖なる光を解放させた。
「おねがい、救世の神刀！
私を守って——！」

目次 CONTENTS

Campione! Lord of Realms 01

ダッシュエックス文庫

カンピオーネ!　ロード・オブ・レルムズ

丈月 城

序章
——prologue——

◆一九世紀イタリアの魔術師、アルベルト・リガノの著書『魔王』より抜粋

……この恐るべき偉業を成し遂《と》げた彼らに、私は『カンピオーネ』の称号を与《あた》えたい。

読者諸賢のなかには、この呼称《こしょう》を大仰《おおぎょう》なものだと眉をひそめる方がいるかもしれない。あるいは、私の記録を誇張したものとみなす方もいるかもしれない。

だが、重ねて強調させていただく。

カンピオーネは覇者である。

天上の神々を殺戮《さつりく》し、神を神たらしめる至高の力を奪い取るがゆえに。

カンピオーネは王者である。

神より簒奪《さんだつ》した権能《けんのう》を振りかざし、地上の何人《なんぴと》からも支配され得ないがゆえに。

カンピオーネは魔王である。

地上に生きる全ての人類が、彼らに抗《あらが》うほどの力を所持できないがゆえに！

◆とある研究機関により作成された、草薙護堂《くさなぎごどう》についての調査書より抜粋

すでに述べた通り、ユニバース235において誕生した神殺し『草薙護堂』はきわめて特異な存在である。

無論、特異でない神殺しなどひとりもいない。

神を殺《あや》め、その聖なる権能を簒奪した者どもは誰しも破格の存在であり、たったひとりでも世界の存亡を左右しうるほどの強者である。

だが、それでもあえて述べたい。

草薙護堂はあの危険な種族のなかにあってさえ、きわめて特異である。

運命神を殺め、《反運命の権能》を簒奪したがゆえに。

多元宇宙の理《ことわり》を多少なりとも理解し、数多《あまた》あるユニバース間を巧《たく》みに移動する《プレーンウォーカー》でもあるがゆえに。

そして、何より彼の気質。

いかなる権威にも屈せず、我が道を突き進み、さらに宿敵であるはずの神々とさえ友情の絆《きずな》で結ばれることを躊躇《ちゆうちよ》しない――多元宇宙でも稀《まれ》に見るほどの自由闊達《かつたつ》さで世界を渡りあるく神殺し。

訪れる全ての地に、彼は波乱と混沌《こんとん》を巻きおこすがゆえに……。

◆神殺し〝カンピオーネ〟であり、時空の旅人でもある貴婦人の嘆《なげ》き
嗚呼《ああ》、神様。

わたくしアイーシャの罪をお許しください。

広大無辺なる多元宇宙、無数の時空連続体を襲いつつある未曾有《みぞう》の危機……全てわたくしの存在ゆえに生じた災厄なのです。

妖精の通廊《つうろう》を開き、異界へ旅立つ力。わたくしの権能のひとつ。

あの力の暴走が多元宇宙のあちこちに『穴』を穿《うが》ち、全宇宙の秩序と安定を崩壊させてしまいました。

世界にとって、もはやわたくしは害悪でしかございません。

草薙護堂――この上はせめて、長年の盟友である貴方《あなた》さまの手で……

◆ユニバース966在住、《運命執行機関》構成員による手記
三千以上もの世界を内包する多元宇宙《マルチバース》において、われらの世界『ユニバース966』は数多ある時空連続体のひとつに過ぎない。

だからユニバース966の崩壊など、全宇宙のスケールではささいなトラブル――のはずなのだ。

しかし、今回のケースではちがうと断言したい。

われらのユニバース崩壊は多元宇宙の全てが終末を迎える兆《きざ》し、大いなる終末の序曲なのである。

ああ、憎むべきは神話世界ヒューペルボレアに集《つど》った神殺しども。

あの連中こそが神話と宇宙の秩序をかき乱す元凶。今こそ《勇者》が必要だ。神殺しの魔王どもを全て駆逐《くちく》する者。魔王殲滅《せんめつ》の勇者。絶対運命に後押しされた――《救世《きゅうせい》の神刀》を抜き放つ戦士が。

◆名を捨てし歴史の管理者、多元宇宙の特異点にて記す

草薙護堂と六波羅蓮《ろくはられん》は神殺しである。

そして、神話世界ヒューペルボレアにて勃発《ぼっぱつ》した『英雄大戦』において、それぞれ重大な役割を果たす。

ただし、ふたりの役柄は対照的と言ってもいい。

当時、ヒューペルボレアに集ったカンピオーネと地球出身者は幾人もいた。

狼王《おおかみおう》ヴォバン、魔教教主・羅翠蓮《らすいれん》、黒王子アレク、剣の王、千竜王、日出《ひい》ずる処《ところ》の皇子《みこ》、聖王テオドリックなど――

『許されざる王国《フォービドゥン・レルムズ》』を打ち立てた覇者たちが。

しかし、草薙・六波羅の両名の動きは他の者たちとは一風ちがっていた。ふたりが初めて出会い、対決した一幕から振りかえってみたい……

第一章

草薙護堂、北風の彼方にて同族と相まみえる

1

草薙護堂《くさなぎごどう》は神殺しである。

そして、地球から『異世界』へ旅する達人でもある。

異世界——パラレルワールドと言いかえてもいい。草薙護堂が生まれ、長年暮らしてきた世界とは『異なる歴史を歩んだ地球』、無数に存在するのだ。

パラレルワールド以外の行き先も多い。

たとえば神話世界。ギリシア神話、メソポタミア神話、インド神話、日本神話など、世界各地の神話を再現した世界のことだ。

さらにアストラル界、時空の特異点などにも赴《おもむ》く。

異世界への行き方はさまざまで、いちばん単純な方法は『呼んでもらう』こと。

以前、救世《きゅうせい》の勇者としての《運命》を肩代わりしていた時期があり、その頃はちょくちょ

く呼び出しに応じていた。どうか魔王を倒してくれ、世界の危機から救ってくれ等、請《こ》われるままに旅立っていた。

……訪れた先の異世界人が護堂の正体を知って、驚くことも多かったが。

神殺し・草薙護堂——。

カンピオーネとも呼ばれる。魔王と畏怖《いふ》されることもある。

まちがっても〝聖なる存在〟などではない。草薙護堂は怪物、モンスターの側に分類される輩《やから》なのだ。

だからか『勇者の運命』、いつのまにか護堂のもとから去っていた。

元の持ち主のところにもどったわけでもないそうなので、もっとふさわしい誰かを探しにいったというところか。

まあ、勇者の運命などなくとも、旅の仕方はいくつもある。

転移の術に長《た》けた知己《ちき》・旧友を訪ねて、異世界への道を創ってもらう。秘密の場所に隠されたゲートをくぐる。実は護堂自身にも限定的ながら、自力で異世界へ飛ぶ権能《けんのう》があった（古代ペルシアの軍神から奪った力の応用だ）。

そうした日々を送るうちに歳も取った。

一六歳でカンピオーネとなってから、すでに十数年もの歳月を重ねている。

キャリアの分だけ知り合いも増えた——が、この日、護堂を訪ねてきた客人とは十年来のつきあいだった。

ただし、円満な友好関係にあるとは言いがたい。

客人は顔を合わせるなり、いつもの無愛想かつ皮肉っぽい調子で言った。

「貴様もずいぶん歳を取ったものだ」

「そういうあんたは、昔と見た目がまったく変わってないな」

アレクサンドル・ガスコインを前にして、護堂はつぶやいた。

フランスにルーツを持つ黒髪の英国人男性。貴公子然とした白皙《はくせき》の美形であり、二〇代後半に見える。

そして、黒王子《ブラックプリンス》アレクの異名を持つカンピオーネのひとり。

「青年期に達したあと、俺たちの老化はずいぶんゆっくりのようだからな」

アレクは肩をすくめた。

「羅濠《らごう》教主など、至純の境地に達した魔術師でもあるから、いつまでも若い姿のままだ。どうしたって、世間とは足並みが合わん。……ところで草薙、ここが貴様の隠れ家か。なかなかいい趣味だな」

「まあな」

多元宇宙《マルチバース》には、どこの時空連続体にも属さない特異点が存在する。そのひとつ《無限時間の神殿》が護堂の本拠地だった。

簡潔に言うなら白亜の宮殿。主《おも》な建材は白い大理石。

ゆったりとした、優美な本館が中心に位置し、まわりには七つの塔や泉に水路、噴水もある美しい庭園などが配置されている。

庭園に面した中庭には、二組の椅子と小さなテーブルが置いてあった。

そこでアレクと差し向かいにすわり、護堂は切り出した。

「で？　わざわざ俺のところに来た理由は何だ？　最近うわさをよく聞く『神話世界ヒューペルボレア』のことか？」

「うわさだと？」

不機嫌そうに眉をひそめるアレク。護堂は言った。

「ドニの野郎がそこに行きたいって俺のところへ来たんだ。あいつ、あんたがヒューペルボレアにご執心《しゅうしん》だから、興味を持ったらしい」

「ちっ。あのイタリアのバカ男め。油断ならないやつだ」

護堂とアレク共通の知人、イタリア生まれの陽気な青年。

しかし、この男もまたカンピオーネのひとり。『剣の王』とまで呼ばれる天才的な剣術家でもある。アレクは舌打ちした。

「なら、単刀直入に言おう。草薙、ヒューペルボレアでは今、あちこちの時空連続体から複数名のカンピオーネが集結中だ」

「なんだって？　どうしてまたそんなことに……」

護堂はぼやいた。

「自分で言うのもアレだけど、俺らが一箇所に集まるとろくなことにならないぞ」

「それだけヒューペルボレアという神話世界は特別なのだ。……あそこはギリシア神話、インド神話、ペルシア、北欧《ほくおう》、ケルト神話――インド・ヨーロッパ語族系の神話を生み出した原郷なのだと俺は推測する」

「つまり、インド・ヨーロッパ祖語の文化圏か！」

護堂は察しよく合いの手を入れた。

イタリアはミラノとボローニャで過ごした大学時代。『異世界巡り』で多忙を極めていたものの、持ち前の体力で可能な限り講義にも通い、考古学や歴史、神話学の知識をかなり身につけていた。今ではアレクともこうした話題で盛りあがれる。

学識と才知を併せ持つ黒王子はさらに言った。

「そして、『神の怒りで滅ぼされた世界』のその後でもある」

「ずいぶん意味ありげなことを言うじゃないか」

「ふっ。今のはヒントだ。どういう意味かは自分で考えろ。……草薙。俺や貴様のような『プレーンウォーカーでもある神殺し』の多くが気づきはじめている。ヒューペルボレアの特異性に。多元宇宙のなかでも、とびきり変わり種のユニバースだとな。となれば興味本位で近づく者も出てくるだろう」

アレクの言葉に、護堂はうなずいた。

「時代や世界の壁を跳び越えて、カンピオーネが何人も集まってくれれば……」

「魔王殲滅《せんめつ》の勇者が降臨する可能性もある。それに対抗するため、俺たちの『魔王内戦』よろしく神殺し同士のバトルロイヤルに発展する可能性も——」

「ヒューペルボレアって世界がまるごと闘技場ってわけだ」

事情を呑みこめた護堂へ、ぼそりとアレクは言った。

「そういう状況だ。貴様も速《すみ》やかにヒューペルボレアへ行け」

「なにい？　逆だろガスコイン。おまえだけはあそこへ行くなって釘を刺すところだろ」

すぐさま護堂は反論したのだが。

アレクサンドル・ガスコインはまじめな顔を崩さずに答えた。

「ちがうな。サルバトーレ・ドニの例でも明らかだ。もはやヒューペルボレアに神殺しが集結する流れは止められない。だったら、すこしでも『話の通じるやつ』を増やすにかぎる。俺と貴様があの世界で共闘するか、対決するかはわからんがな。ゲームの展開をすこしでも理性的なものにしたい」

「つまり、あんたもヒューペルボレアへもどる、つもりなんだな」

ため息をこぼす護堂。これだけ事情に通じているのだから、黒王子はすでにかの神域を訪ねたあとに決まっている。

はたしてアレクはあっさりと断言した。

「当たり前だろう。ああまで面白そうな神話世界はふたつとない。ほかの誰が行かなくても、俺だけは絶対にまた行くぞ」

「くそ。妙な話をわざわざ持ちこみやがって……」

毒づきながらも護堂は悟っていた。

神話世界ヒューペルボレア、無視を決めこむとひどく危うい事態になる案件だと。アレクサンドル・ガスコインの策に乗るのは腹立たしいが、ここはひとつ――


アレクとの面談から数カ月。護堂は多元宇宙の異世界をあちこちうろつきながら、原初《げんしょ》の神話世界ヒューペルボレアへつながるルートを探しまわった。黒王子本人に訊《き》くのが癪《しゃく》なのと、こうした探索のなかでつかんだ情報はあとあと役に立つことも多いからだ。

幸い、この手の旅には慣れている。

石を何個も積みあげるようにして手がかりを集め、ついに護堂はヒューペルボレアの大地を踏みしめることになった。

「広い海だよなあ……」

絶海の孤島、切り立った断崖で護堂はつぶやいた。

見わたすかぎりの大海原。遥《はる》か遠くに島らしき点が浮いているくらいで、ひたすら海水ばかりが広がっている。

ヒューペルボレアではこんな景色ばかりを見る。

滞在すでに一週間ほど。たまに狩猟採取スタイルの素朴かつ原始的な生活を営む現地民と出会うこともある。彼らの家にも招待されたが、土器や石器はあるものの、金属器はほとんど見かけなかった。

そして、人口密度はとにかく低い。

新たに訪ねた島の断崖絶壁に立つ護堂、海を眺めながらつぶやく。

「船の一隻も通りゃしない。この島にも人間が住んでる気配はない」

この断崖へ来る前、すこし歩いてみた。

草地と森、小川を見かけた。自然の恵みゆたかな島らしく、あちこちで可憐《かれん》な花が咲き乱れている。ウサギやシカとも出くわした。が、人っ子ひとりいない。

「ほんと、この世界は海と島ばかりだな」

アレクから聞いたとおりだと、護堂はうなずいた。

とにかく今は現地調査の段階。すでにいろいろ類推できる材料を見つけていたが、もっと探索してみなくては――

「ん？　誰かこっちに来る？」

こちらへ歩いてくる黒髪の乙女がいた。

神々《こうごう》しいほどの美貌。まとう衣《ころも》は長い反物《たんもの》を体に巻きつけるタイプの素朴なものだが、彼女の内面からにじみ出るオーラだけで装飾は十分だった。

「金の塊《かたまり》は欲しくなくって、旅の御方！」

微笑みと共に美女は呼びかけてきた。護堂はかぶりを振った。

「旅費なら間に合ってるよ。気持ちだけ受け取らせてくれ」

「そうおっしゃらないで。あるものを譲っていただきたいの。黄金、財宝、何でもさしあげてよ？」

黄金。財宝。今まで見た現地民の原始的生活からはほど遠い言葉。

おそらく彼女は『神の怒りが世界に降りかかる以前』からの住人……などと推測しながら、護堂は尚も固辞しようとした。

「気前いいんだな。でも俺、譲れるような物は何も——」

「ないとは言わせないわ」

やにわに美女は冷たくにらみつけてきた。

「神を殺《あや》め、その骸《むくろ》より神の聖なる権能を奪う盗人《ぬすびと》。それがあなた方——神殺しなのだから」

「ばれてたか。でも、そういうあんたも女神さまだろ？」

護堂は苦笑した。

実は出会った瞬間から、心身に力がみなぎっていた。

神々と対峙《たいじ》したとき、カンピオーネの体は自然とそうなるのだ。宿敵であるはずの神族との戦いにそなえて。

黒髪の乙女は酷薄《こくはく》に嗤《わら》った。

「ええ。わたくしは《水の乙女》。我が夫は《焰《ほのお》の戦士》。そして、あなたは焰の力を隠し持つ者……。われら夫婦はそれを奪いたい……」

「うおっ!?」

とっさに斬りかかられて、護堂は驚いた。

いきなり乙女の手に長剣が現れた。剣のあつかいも堂に入《い》っている。しかし、稲妻のごとき斬撃を護堂は身動きひとつせずに防ぐ――。

ぎぃん！　刃《やいば》と刃がぶつかる金属音。

神刀・天叢雲剣《あまのむらくものつるぎ》を空中に呼び出し、乙女の剣をはじかせたのだ。

草薙護堂が持つ『第二の権能』。日本国においては三種の神器《じんぎ》に数えられる。

「危ないじゃないか！」

「わたくしの剣を受けられるとは、名のある神刀のようね……」

護堂は怒鳴り、乙女は天叢雲剣をにらみつける。

国宝級の神剣ながら、刀身は禍々《まがまが》しい漆黒《しっこく》。日本刀の刃に酷似《こくじ》し、ゆるく反《そ》っている。日本刀の原型・古代の蕨手刀《わらびてとう》をなぞっているからだ。

そして《水の乙女》は衝撃的な一言をつぶやいた。

「そう……あなた、天叢雲剣というの」

「俺の剣の名前、どうして知ってるんだ!?」

愕然《がくぜん》とした護堂を見て、乙女はくすくす笑いだした。

「我が夫は竜殺しの勇者にして剣の神。その伴侶であれば、神剣のあつかいに長けていて当然でしょう?」

「うわ。姉さん、そっち系の神様か」

護堂はぼやいた。

昔から、刀剣と深い縁《ゆかり》を持つ剣神――《鋼《はがね》の軍神》たちとよく出くわすのだ。あの連中とカンピオーネは遥か超古代からの宿敵同士だった。

剣神の連中はしばしば『水の女神』と共生関係を持つ。

女神たちによって剣神は養育・庇護《ひご》され、不死身の体や魔法の剣を授けられる。それはここヒューペルボレアでも変わりないらしい。

しかも女神はささやいた。天叢雲剣《あまのむらくものつるぎ》に手を差しのべながら。

「さあ、神殺しなどの手にあってはいけません。わたくしのもとへ――」

「なに!?」

宙に浮かんでいた天叢雲劍。

護堂の相棒とも言うべき神刀が《水の乙女》の方へ吸いよせられ、美しい御手《みて》に収まってしまった。

呆然《ぼうぜん》として、護堂はつぶやいた。

「天叢雲が吸いとられた……?」

「神殺しどの、わたくしには見えますわ。あなたの体に宿る『十の精霊』が。天翔《あまか》ける風、たくましい雄牛、獰猛《どうもう》な猪《いのしし》、鳥の王――何より、輝く太陽を運ぶ白馬！　我が夫のために差し出しなさい！」

女神が天叢雲劍の切っ先を向けてきた。

途端に護堂は、体の一部がむしり取られそうな感覚を味わった。覚えがある。十数年も前に南海の孤島で女神キルケーから同種の攻撃を受けた。

あのとき、護堂は『第一の権能』を七割も奪われてしまった――。

「俺の持ってる権能、根こそぎ吸いとるつもりか……」

「ええ。覚悟しなさい、神殺し！」

「いいや。ここは逃げるのがいちばんだろ！」

ちょうどいいことに、断崖絶壁というロケーション。

仕切り直すべく、護堂は空へと飛んだ。ジャンプ一番、断崖から飛び降りたのである。

どぼん！　二十メートル以上もダイブしての着水。

頑強なカンピオーネの体がこの程度で傷《いた》むはずもない。護堂は悠々と手足を動かし、着衣水泳をはじめた。

崖の上から《水の乙女》の声が降ってきた。

「どこへ行くつもり、神殺し!?」

「姉さんみたいな相手は厄介《やっかい》だから一時撤退だ。その刀はしばらくあずけとくよ！」

「おのれ！」

乙女の悪態を聞きながら、護堂は沖の方へと泳いでいった。

「さすが神殺しの獣、逃げ足が速い……」

断崖絶壁の上で《水の乙女》は唇を震わせていた。

獲物《えもの》を逃がした怒りが大きい。しかも地の底から——ひどく獰猛なうなり声が湧きあがってくるのも感じていた。

戦いの興奮から一転して、乙女はやさしい声音でささやく。

「安心なさって、あなた。あのケダモノも申していたでしょう？　あちらからまた訪ねて参ります。それまでに島の守りを堅めておきましょう。どこぞに手練《てだ》れの衛兵でもおればよいのですけど……」

2

ヒューペルボレアの大海原は、おおむねきれいな群青《ぐんじょう》色。

だが、このあたりは海水が濁っていた。青緑の海藻や苔《こけ》、白い泡などがところどころ浮いているのだ。栄養過多というところか？

すこし気にしたものの、六波羅蓮《ろくはられん》はすぐに忘れた。もっと重要なことがある。

丸一日も船に乗りっぱなしで、ようやく発見できた小島に上陸したばかり。蓮たちのヨットは魔法で動くすぐれものだが、冷蔵庫などの便利家電はない。

だから、すぐ隣に寄りそう銀髪の美姫《びき》へ呼びかけた。

「この島で水と食糧も調達しておこう。手伝ってよカサンドラ」

「はい、蓮さま！」

トロイア王家の姫、カサンドラは機嫌よく笑っていた。

有名なギリシア神話『トロイの木馬』に登場する同名の女性と同一人物である。並外れて美しく、予言の霊力を持つ。

しかし、誰もその予言を信じないという呪いもかけられた——。

尚、六波羅蓮は二一世紀の地球、日本出身。

出会うはずのないふたり。しかし、蓮はあちこちの神話世界を巡る旅人でもある。北欧神話の世界、日本神話の世界などにも行った。カサンドラとはもちろんギリシア神話の世界で巡り会い、縁あって『旅の仲間』となったのだ。

そして、もうひとりの仲間は——

「う〜ん。海ばっかりの妙な世界でも、やっぱり自由はいいですねーっ！」

ご当地ヒューペルボレアを微妙にディスりながら、背伸びしていた。

鳥羽梨於奈《とばりおな》。蓮と同じく日本人で女子高生。

ブレザーの制服を着た、知的な美少女なのだが、見た目以上に只者《ただもの》ではない。神域の旅では頼もしすぎるパートナーだった。

海風を浴びて、梨於奈は目を細めていた。

が、何かを思い出したらしく、ぼそっとつぶやく。

「ただ……ときどき変なものが海を漂ってますけど」

「ああ、あれ。牛とかの死体らしいよ」

すかさず蓮が言う。梨於奈は「死体!?」とのけぞった。

やりとりを微笑みながら見守っていたカサンドラも、にこにこと告げる。

「わたくしは先ほど、『ぶよぶよした肉塊《にくかい》らしき何か』を見かけました」

「そんなものが海を流れてるなんて、ヒューペルボレアはほんと奇妙なところですね……。ま、でも、ひさしぶりの娑婆《しゃば》は最高です！」

両腕を突きあげ、バンザイしながら自由を謳歌《おうか》中の梨於奈。

それもそのはずで、ほんの数日前まで〝あるところ〟に幽閉《ゆうへい》されていたのだ。蓮と同じく神域の旅人にして、大魔法使いでもある人物のもとに。

その名は羅翠蓮《らすいれん》。またの名を羅濠《らごう》教主――。

神を殺《あや》め、神の権能《けんのう》を奪い取った妖人でもある。

「梨於奈さまは世界にふたりといない大魔術師さまに認められ、直弟子《じきでし》に取り立てられたとうかがっていましたが……」

カサンドラに問われて、梨於奈は怒りをあらわにした。

「あれは住み込みの弟子じゃなくて拉致《らち》監禁の被害者っ。指導じゃなくて虐待です！　しかも、そこの婚約者さまときたら、いやがるわたしを人質同然にあそこへあずけて、自分だけさっさと逃げ出して……！」

そうなのだ。蓮と梨於奈は婚約者同士。

おたがい〝そういうこと〟にしておくと都合いいぞと利害が一致し、名目上の『婚約』を交わしたのである。

「ま、お師匠《ししょう》様の島には妹を残してきましたから。身代わりになってもらいましょう」

ぼそっとつぶやく婚約者から、蓮はトロイアの予言者へ視線を転じた。

「カサンドラはここにあると思うんだ？　僕たちの地球につながっているゲートが……」

「はい。みなさまのおっしゃる空間歪曲《わいきょく》。あれの気配を感じます」

「ギリシア神話ナンバーワンの予言者に言われると、信じたくなりますね」

王女カサンドラの予知は何人《なんぴと》にも信用されない。

それが神話でも描かれた呪いの内容。しかし、ある理由から六波羅蓮は例外であり、また蓮を経由して伝え聞けば、梨於奈も呪いに影響されないで済む。

実は三人で『蓮たちの地球』へ帰還できるルートを捜索中なのだ。

「ちょっと顔を見せてよ、ステラ」

「……何か用、蓮？」

島に上陸したばかりの蓮たち、まだ砂浜にいた。

その白い砂の上に――ぱっと小女神が姿を現した。身長三〇センチ程度、しかしプロポーションにはメリハリがあり、なまめかしくさえある。

可愛らしい童顔の小美人、ステラの名は世を忍ぶ仮のものであった。

「君の正体を《愛の女神アフロディーテ》と見込んでお願いだ。誰か情報を教えてくれそうな人、召喚してみてよ」

蓮は腰をかがめて、ステラの前で手を合わせた。

そう、彼女は小さくとも元は女神であり、只《ただ》ならぬ力の持ち主なのだ。たとえば相性のいい神や妖精が近くにいれば、呼びよせたり——。

その権能、蓮たちは《友達の輪》と呼んでいた。

そして、六波羅蓮と彼女は一心同体の『パートナー』。蓮はつづけた。

「ここ無人島っぽいから、誰もいないかもだけど」

「そう思うのなら、くだらない提案はやめて頂戴《ちょうだい》」

つんと澄ました顔で、ステラはつっけんどんに答えた。

「蓮の言った通り、この島ときたら殺風景だわ、辺鄙《へんぴ》だわ、田舎《いなか》くさいわ、雅《みやび》さなんてかけらもないわでいいところがひとつもないのだし、あたしと相性のいい神なんているはず——」

ざっ。ざっ。ざっ。ざっ。

砂浜を踏みしめる足音が聞こえてきた。

見れば、黒髪の乙女が近づいてくる。ひどくきれいで、細身で、それでいて妙に力強い足取りであった。

「……いるはずないとおっしゃるのね、異邦の女神どの。同感だわ。あなたのようにがさつそうな方とはとても仲よくできそうにないもの」

「まあ。なんてお美しい御方！」

「無人島じゃなかったようですよ、ステラ」

あからさまに尋常《じんじょう》でない美女の出現に、カサンドラは賛嘆《さんたん》し、梨於奈は皮肉っぽい言葉を小女神に投げかける。

当のステラは「ふん」と不遜《ふそん》に腕組みした。

身長三〇センチのミニマムな体格ながら、見下すがごとき視線を美女に向け、値踏みするようにじろじろ見つめたあげく、

「見なさい鳥娘。あの高慢ちきな顔つき。せせこましい小島でたかの知れた美貌を鼻にかけて、女王ぶっているのがせいぜいの勘ちがい女神にちがいないわ。キュプロスの女王アフロディーテが気にかける相手じゃないでしょうよ」

とまで言い捨てた。対して、気の強そうな美女もいやみっぽく言う。

「あなたの方こそ、身持ちの悪さが御顔ににじみ出ていましてよ？」

「なんですって!?」

いきなりの関係悪化。しかし予想の範囲内。蓮はすばやく動いた。

「お姉さんっ！　ここで会えたのも何かの縁、連れの無礼をお許しください！」

砂浜に頭からすべりこんで、両女神の間に割って入り――

流れるようにスライディング土下座。蓮の十八番《おはこ》で、何度も繰りかえしているから動きに一片の無駄もない。

島の女神はきょとんと毒気を抜かれた顔になり、カサンドラが笑顔になる。

「さすが蓮さま！　おみごとなドゲザでございます！」

「流れるような土下座をこんな華麗に繰り出せる人って、たしかに六波羅さんくらいしかいませんよね……」

梨於奈はいたって冷静。そしてステラは怒っていた。

「蓮ったら、こんな女にひざまずくなんて！」

「いいじゃないか。ようやく島の住人に会えたんだ。そうだお姉さん、僕たち地球って世界につながったゲートを探しているんだけど……」

「もうっ。その高慢ちきが答えるはずないでしょう！」

「心当たり、あるわ」

蓮と相方の会話に、島の女神が割り込んできた。

「使わせてあげてもよくってよ？」

「本当？　ぜひお願い。地球の滅亡がもうすぐはじまるみたいでね。急いで帰って、阻止しなくちゃいけないんだ」

渡りに船の申し出なので、すぐさま蓮は言った。

実は蓮たち、おちゃらけながらも『地球滅亡を阻止する』という大義のために神話世界を旅していたりする。

事情を知らないはずの女神、鷹揚《おうよう》にうなずいてくれた。

「いいわ。小さな女神の非礼は忘れて、助けてあげましょう。代わりに、あなたもわたくしたち夫婦に助太刀《すけだち》して頂戴」

「お姉さん、結婚してるんだ？」

「ええ。わたくしは《水の乙女》。夫は《焰の戦士》《ほのお》。でも夫は深傷《ふかで》を負い、外を出歩くこともままならない。なのに、われら夫婦を狙う〝海賊〟がいて――」

島の女神あらため《水の乙女》は語る。蓮は、海賊かと考えこんだ。

「護衛すればいいってこと？　もちろんＯＫだけど、ご期待に応《こた》えられるかな？」

「まあ、ご謙遜《けんそん》を」

「僕は逃げ足の速さだけが取り柄なんでね」

「でも、神殺しでいらっしゃる……。とぼけても無駄。わかっていてよ。あなたは神を殺め、聖なる権能を簒奪《さんだつ》した戦士のひとり」

《水の乙女》に言い当てられて、蓮はハッとした。

仲間の女子たちにも緊張が走る。特にステラが警戒心もあらわなきつい表情で《水の乙女》をにらみつけていた。

ステラこと女神アフロディーテ、本当は蓮が二番目に殺めた神様だ。

だが、その魂と権能が六波羅蓮の肉体と同化してしまい、『蓮の分身』として、こうして小女神の姿で顕現《けんげん》するようになった。

彼女を取りこんだことで、蓮にはある特質がそなわった。

神々と対峙《たいじ》しても、神殺しだと看破《かんぱ》されないという。これはほかの〝同族〟にはない特徴なのだとか。にもかかわらず、あっさり蓮の正体に気づいた。《水の乙女》、かなり勘がいいらしい。

　蓮はもうとぼけようとせず、明るく言った。

「すごい、大正解。お姉さんは、だから僕を頼るんだ？」

「ええ。実はわたくしたち夫婦を狙う海賊も――《神殺し》なの」


　かくして《水の乙女》との出会いから数時間が経《た》ち。

　蓮たちは島の浜辺から、ヒューペルボレアの海原を眺めていた。

「来ましたね、うわさの海賊。海から島に接近中ですよ」

「でも梨於奈さま。わたくしの想像とは少々ちがいます。乗っている船がずいぶんとお小さいですし、お顔立ちもやさしそうで……」

　梨於奈とカサンドラのやりとりだった。

　たしかに『海賊』がせこせこと手漕《てこ》ぎする小船、千鳥ケ淵《ちどりがふち》あたりで貸しているボートと同じサイズである。

　部下のひとりも連れず、単独行動する彼はかなり若い。二〇代後半か。

「黒髪黒目、地球でいう東洋人に酷似――」

　梨於奈も意外そうにつぶやいた。

「清澄白河《きよすみしらかわ》のカフェで店長やってても違和感ない好青年です」

「でも、見かけと中身が正反対の人っているしねえ」

「六波羅さんが言うと説得力半端ないですね……」

「あっ。ついに上陸しましたわ！」

三人で話していると、黒髪の海賊青年はさっさとボートを下りてしまった。

そのまま、友人宅に上がりこむような足取りの軽さで、蓮たちの方へとまっすぐ歩みよってくる。おまけに、

「よう。もしかして俺を妨害する気か？」

黒髪の青年、第一声もひどく気楽そうだった。

そのうえ今の言葉は——梨於奈が眉間《みけん》を人差し指で押さえ、感じ入った。

「超・流暢《りゅうちょう》な日本語、来ましたね……」

「ってことは、もしかしなくても日本人？」

蓮の質問に黒髪の同朋はあっさりうなずいた。

「当たりだ。説明すると長くなるから省略するけど、いろいろあって、俺は異世界とか神話の世界を旅しているんだ」

「省略しすぎです！」

「でも本当に長くなるんだよ。めんどくさくて」

梨於奈のツッコミも軽く受けながしている。

よほど修羅場《しゅらば》慣れしているのか、どこまでも自然体の〝彼〟に蓮は親近感を覚えた。なんて大雑把《おおざっぱ》そうな人なんだと。それに何より。

日本人・神殺し・神域の旅人。

自分と同じプロフィールを持つ人物とこんなところで巡り会うなんて！

「妨害とか足止めとか、おまえたちもたいへんだろ？　素通りさせてくれ」

「残念、それはできないんだ」

「島の主《あるじ》に頼まれたのです。あなたと戦い、かなうことなら捕らえてほしいと」

蓮は軽い調子で拒《こば》み、カサンドラが丁寧《ていねい》に訴える。

すると黒髪の青年は天を仰いで、しみじみとつぶやいた。

「あの姉さん、妙な助っ人を調達したもんだなあ」

「ちなみに、わたしの婚約者でご主人さまの六波羅蓮――この人もあなたといっしょ、《神殺し》です」

気を取りなおした梨於奈に挑発されて、青年は目をみはった。

「俺と同じ？　そこの男が？」

「はい。舐《な》めてかかると後悔しますよ」

青年がついに六波羅蓮をじっと凝視《ぎょうし》する。

髪の色はかなり明るく、王子様っぽいとよく女性に誉《ほ》められる顔立ち。ボクシングにダンスと体を使うことは大得意で、何よりノリが軽い――。

そんな蓮をじろじろ見たうえで、黒髪の青年はぼそりと言う。

「めっちゃチャラそうな兄ちゃんに見えるけど、もし俺の『お仲間』なら……プランを修正しなきゃだな」

　気になる言い方をされて、蓮は訊《たず》ねた。

「どんなふうに？」

「いきなり『とっておき』をぶつけてみるとか――」

　直後だった。

　やにわに青年の背後で海がはじけた。

　青緑色の海面をぶちやぶって、おそろしく巨大な何かが出てきたのだ！

「主はおおせられる。咎人《とがひと》に裁きを下せ。背を砕き、骨、髪、脳髄《のうずい》をえぐり出せと――。鋭く近寄りがたき者よ、契約を破りし罪科に鉄槌《てっつい》を下せ！」

　青年の唱える言霊《ことだま》にかぶさる形で、雄々《おお》しい咆哮《ほうこう》もこだまする。


――オオオオオオォォォォォォォォォンンッ！


　その大音声《だいおんじょう》だけで大気は震え、大地までびりびり揺れていた。

　咆哮する何か、体長二〇メートルを超す巨体だった。だというのに海中から空へ飛び出し、天までとどけと大ジャンプを披露《ひろう》している。

　ロケットさながらの猛スピードで急上昇した魁偉《かいい》な巨体はまるで――

「海から『獣』が出て参りました！　あれはイノシシ!?」

カサンドラが叫んだとおりだった。

天に躍《おど》り出た獣は漆黒《しっこく》の毛皮をまとい、姿形はイノシシにほかならない。あっけにとられながら蓮も叫んだ。

「超大きいよ！　いきなり怪獣を召喚かあ！」

「地味顔のくせに、やること派手ですね！」

梨於奈が闘志を燃やしている。蓮はトロイアの予言者にささやきかけた。

「カサンドラは早く逃げて。僕と梨於奈でなんとかする」

「はいっ」

おっとりした物腰の割に、カサンドラは運動神経がいい。

たたっと軽快に駆けていく。十分に離れたところで、ついに巨大イノシシが『ずずぅぅぅんっ！』と地響きを立てて、大地に降り立った。

「さあ！　いっちょ勝負としゃれ込むか、後輩！」

黒髪・地味顔の好青年風神殺しは、にやっと笑いながら言いはなった。

3

神殺し、カンピオーネとして、護堂《ごどう》は十年以上のキャリアを持つ。

だから〝同族〟との戦いにも慣れたもの。しかし、自分と同じ現代日本生まれのカンピオーネとは初めて会った。

（たぶん、どこかの並行世界から来たやつだな。こんな後輩がいたなんてなあ）

草薙《くさなぎ》護堂こそが『最も若きカンピオーネ』と言われ続けてきた。

自分よりも若い——二〇歳《はたち》前後であろう〝チャラそうな兄ちゃん〟と遭遇して、護堂はにわかに実感していた。

後輩を持つのも悪い気分じゃないな、と。

そもそも草薙護堂、中学生までは野球三昧《ざんまい》のバリバリ体育会系なのである。

先輩・後輩の上下関係は慣れ親しんだもの。歳を取った自分よりも明らかに年少のグループと対峙《たいじ》して、ちょっと楽しくなってきた。

（すこし驚かせてやろうかな？）

出来心にまかせて、『猪《いのしし》』を呼んでしまった。

護堂の高揚感が伝わったからか、漆黒の巨獣は大興奮しながら前肢《まえあし》と鼻先の牙で砂浜をがりがりと掘り——

さらに胴体を投げ出して、地面をごろんごろんと転がりまわる。

飼い犬がこれをやればかわいいものだが、怪獣サイズの『猪』がやるのだから、地震さながらに大地は揺れる。そして、いつ転がってくるかもわからない巨体の不規則な動きに『神殺しの後輩』と『謎《なぞ》の女子高生』は顔を引きつらせていた。

ォォォォオオオオオオオオオ――――ンンンンンッ！

不意に回転をやめた『猪』、立ちあがって天に吠《ほ》える。

テンションが上がりすぎたらしい。護堂は苦笑しながらなだめた。

「わかったわかった。この島を好きにぶちこわしていいから暴れまくれ。俺の邪魔をする連中も相手するんだぞ」

「あのイノシシに、島ごとつぶさせる気ですか!?」

ブレザーを着た女子高生が愕然《がくぜん》とする。護堂はウインクした。

「あいつ、わがままでさ。何かどでかいものを破壊させてやらないと、俺の言うこと聞かないんだよ」

ォォォォオオオオオオォォォォォォォンンッ！

ついに『猪』、護堂と後輩たちのいる方へ全力疾走をはじめた。

凶暴な目つきでにらむ先には――

「うわっ！　僕の方に爆走してきた！」

六波羅蓮《ろくはられん》というらしいチャラ男、のけぞりながら逃げ出す

なかなか、いや、かなりの快足だが『猪』とは歩幅・速力がちがいすぎる。すぐに追いつかれて前肢で踏みつぶされる。寸前。

神殺しの後輩は『シュッ』と消え失せた。

そのまま『猪』はドドドと足音高く、駆け抜けていく。

「あれ？　チャラそうなあいつ、消えちゃったよ」

「うちのご主人さまは逃げ足が速いんです！　わたしも負けていられません！」

つぶやく護堂の前で、ブレザーの少女が啖呵《たんか》を切った。

彼女の全身、たちまち紅蓮《ぐれん》の焔《ほのお》につつまれた。この娘もやはり魔術師・霊力者だったかと護堂は納得した。

「わたしのこと、ただの美少女だと思ってます？」

「とりあえず日本の女子高生に見えるな。制服着てるし」

「それだけじゃありません。霊鳥・八咫烏《やたがらす》――鳥羽梨於奈《とばりおな》さまは日本神話が誇る『火の鳥』の生まれ変わりなんです！」

傲然《ごうぜん》と叫んだ梨於奈嬢、その細い体がふくれあがる。

金色《こんじき》の光を放ちながら空へ駆けあがり、なんと三本足の霊鳥と化した。『猪』にも見劣りしないサイズである！

「火の鳥に変身できるのか！」

神獣クラスか？　いや、あるいは神にも匹敵しそうなポテンシャルを感じる。

驚いた護堂の頭上に、少女の声が降ってきた。

「いくら大怪獣でも、空を飛べないイノシシじゃ火の鳥に勝てませんよ！　――かけまくもかしこき吾《あ》が皇神《すめみかみ》のおおまえにかしこみもうさく……燃ゆる火と吾《あ》が呪詛《すそ》を以《もっ》て、祓《はら》い給《たま》え清め給え――」

言霊《ことだま》の詠唱。

途端に『猪』の魁偉《かいい》な巨体が丸ごと爆焰につつまれた。

「どうですか、火と日の秘詞《ひめことば》！」

勝ちほこる八咫烏に見おろされて、『猪』が灼熱の焰で身悶《みもだ》えしていた。


オオオオオォォォォォォォォォンンッ!?


人間なら泣き叫ぶ悲鳴になるだろう。護堂はぼやいた。

「うわ。猪のやつ、火だるまになったよ。大炎上だな……」

「梨於奈の必殺技なんだ。すごいでしょう?」

いつのまにか隣で『消えたはずのチャラ男』が笑っていた。

六波羅蓮。見た目と裏腹に、こいつもやはり神殺しの獣。カンピオーネとしての爪を隠し持っている。護堂は苦笑した。

「逃げたと思ってたよ。おまえ、もどってくるのも速いな」

「すばやさだけが取り柄なんでね。――お兄さん、いくら怪獣でもこれ以上の動物虐待は気の毒だ。降参してくれるとうれしいな」

「おいおい。勝負はまだこれからだぞ」

だんだん楽しくなってきた護堂、唇が獰猛《どうもう》な形にゆがんでいた。微笑である。そして闘志の昂《たか》ぶりに応《こた》えて、炎上中だった『猪』も咆哮《ほうこう》する。その吠え声には『キイィイイン！』という甲高《かんだか》い異音も交じっていた。

——オオオオオォォォォォォォォォォォォンンッ！


その結果に六波羅蓮と、滑空する八咫烏＝梨於奈嬢が愕然とした。

「えっ⁉　イノシシの火が全部ふきとんじゃったよ！」

「八咫烏の焔を、鳴き声で打ち消すなんて⁉」

超音波と化した咆哮を『猪』は自分自身にぶつけて、爆焔をふきとばしたのだ。後輩たちの驚きを見て、護堂はうそぶいた。

「あいつ、でかいくせに結構器用なんだ。あと、俺にもこういう隠し芸がある」

空にいる八咫烏の巨体へ、開いた右手を向ける。

そのまま『ぐっ』とにぎり込む。金色の霊鳥をわしづかみにするように。すると、すぐさま風が吹きはじめた。

びゅうびゅう。びゅうびゅう。

吹きすさぶ風は巨大な人型の『影』となり、八咫烏にしがみつく！

「——昔々、インドにハヌマーンって猿がいた。そいつは風神の息子で、自由に空を飛べるんだ。太陽に飛びついて、喰おうとしたくらいだからな」

「きゃあああああああっ!?」

護堂は昔話ふうに言霊を唱え、八咫烏と化した梨於奈が絶叫する。

そして、霊鳥の輝く姿が空中から消え失せた。六波羅蓮が呆然《ぼうぜん》とつぶやく。

「黒い人影が梨於奈を……呑みこんだ?」

「惜しい。人じゃなくて猿だ。キングコングみたいな猿神《さるがみ》さま。俺はそいつに勝って、ハヌマーンの権能《けんのう》を手に入れた」

「太陽を食べる要領で、火の鳥も呑みこめるの!?」

「ああ。『火の鳥の彼女』は当分、俺の人質だ。あとはおまえをかたづければ、障害は全部クリアー――」

ついに護堂は一対一で、神殺しの後輩と向き合った。

が、攻防の駆け引きなど関係なしに『ドドドドドドドドドッ!』という豪快な足音が近づいてくる。『猪』が勝手に突撃を開始したのだ。

もちろん、六波羅蓮を踏みつぶしてしまうために。しかし。

「――頼むネメシス。正義の裁き、かくあれかし」

チャラい言動ばかりだった後輩がひどく静かに唱えてみせて。

大地に立つ全てを粉砕する勢いで猪突《ちょとつ》猛進していた『猪』、豪快にふきとんだ。見えない壁にでも激突したかのように、後方へ。

漆黒の巨体が宙を舞い、大きな弧を描いて墜落する。

——オオオオオオオオォォォォォォォォォンンッ!?

己《おの》が分身の悲鳴を聞いて、護堂は瞠目《どうもく》した。

よほどのダメージだったのだろう。『猪』は浜辺を転がりまわり、悶絶しつづけた。が、やがて動きを止め、這《は》いつくばったまましまうなだれてしまった。

「おまえ、まだいけるか?」

……ォォォォォォォォォン。

力なく応えたのが最後、草薙護堂の切り札は消え失せた。

あらためて護堂、六波羅蓮の方へ向きなおる。神殺しの後輩、その右手人差し指と中指がそろえてあるのに気づく。

たまたまか、意味があるのか。ともかく護堂は言った。

「大怪獣の猪を一撃でKOか。何やったのか、全然わかんなかったぞ」

「実は、僕の得意技なんだ。クロスカウンター」

「すごい切り札を隠してやがったな。とんでもないやつだ。ここはがんばりすぎないのもアリかもな……」

「えっ?」

びゅううううっ！　突風がふきすさぶ。

上空に待機させていた人影——《ハヌマーンの影》を呼びよせたのだ。とまどう六波羅蓮の眼前で、護堂の体は空へと運ばれていった。

影として具現した『ハヌマーンもどき』、キングコング並みの巨体である。

その両手が護堂をつつみこんでくれている。

空へ上がった護堂の眼下には、戦場となった砂浜、切り立った断崖があった。崖の上にはふたりの乙女がいる。

地上であっけにとられる後輩へ、護堂は捨て台詞《ぜりふ》を叫んだ。

「俺が手の内見せるのを、こそこそ監視してるやつまでいる。人質も確保できたし、また来させてもらうよ！」

「ちょっとちょっと!?」

「じゃあな！」


「まあ！　梨於奈さまを捕らえた影があの方を運んでいきますわ！」

断崖の上から戦いを見守っていたカサンドラ、唖然《あぜん》として言った。

すぐそばには《水の乙女》もいる。ただし、麗《うるわ》しの女神がこっそりとつぶやいた言葉、トロイアの予言者にとどくことはなかった。

「今度は空へ逃げるとはこざかしい……。次こそはあやつの体にひそむ『焔の精』を引きずり出さなくては……」

4

手漕《てこ》ぎの小船で大海原を往《ゆ》く。

ヒューペルボレアのとある小島で現地民と交渉し、物々交換で護堂《ごどう》のものになった。木製の骨組みに樹皮を張り、細長いボートの形にしつらえた品だ。

櫂《かい》を使って、カヌーと同じ要領で操船する。

かなり原始的な造りで、ヒューペルボレアの文明レベルがうかがえる。

(たぶん、石器文明から青銅器文明へ移行しつつあるってところか)

尚、船の乗員はひとりではない。

護堂とさしむかいですわる少女がいた。囚《とら》われの身だというのにふんぞり返って、恐怖や緊張など一向に見せない――。

「見わたすかぎり、海ですねえ」

鳥羽梨於奈《とばりおな》と名乗った少女、ぼそりと言った。護堂も短く返事した。

「陸地、全然ないよな」

「参考までに訊《き》きますけど、水と食糧の備蓄、あります？」

「あるように見えるか？　このボート、荷物積んでないだろ」

「わたしを捕虜にしたのはあなたなんですから、ご飯くらい食べさせてくださいよ！　ジュネーブ条約を守って、人道的にあつかってください！」

空腹なのか、怒りと共に梨於奈が訴える。

もっともな意見だったので、護堂はしみじみと同意した。

「たしかにその辺、しっかりしないとなあ」

「ジュネーブ条約で通じるあたり、やっぱり地球の人なんですね……」

「ああ。誤解されてるといけないから言うけど、俺は平和主義者なんだ。君のこともできるかぎり丁重にあつかうつもりだぞ」

そう。草薙《くさなぎ》護堂は平和主義者。

カンピオーネになる前も、なったあとも変わらない信条。

人質であっても客人はなるべく丁重にあつかい、もてなしたい。そう思うからこその宣言だった。だが。

梨於奈は不信感と不可解さがごちゃ混ぜになったような表情で、

「……は？」

と言った。護堂は首をかしげた。

「すごい変顔して、どうした？」

「いえ。宇宙でいちばん平和主義と縁のない無法者が『ラブ＆ピース！』とほざいたように思えたので」

「愛と平和、大切じゃないか」

「あれだけ暴れはっちゃくする人がよく言いますね！」

「囚われの身だってのに気が強いな。そういうやつは嫌いじゃないけど」

なぜか護堂のまわりには『生意気な曲者《くせもの》』が多い。

護堂自身もそういう連中の相手をすることが決して苦ではなかった。むしろ、その手の変人たちが近くにいないと物足りなくさえある。

なので、梨於奈とのおしゃべりは意外と面白かったのだが。

「お!? 見ろよ、あれ！」

見のがせないものが流れてきたので、護堂は指さした。

ここヒューペルボレアくらいでしか遭遇できない漂流物。梨於奈がつぶやく。

「……また牛の死体。あんなものがどうして海に……？」

ずいぶんと立派な体格の牛が群青《ぐんじょう》色の海に浮かび、流されていく。

つぶらな瞳がほんのかすかに動いた。護堂は船底をまさぐり、ナイフを探す。

「あれはまだ死体じゃないな。死にかけだ。『犠牲の獣』を知らないなんて、この世界に来たばかりなのか？」

「わたし、あるところに監禁されてて、あまり外に出てないんですよ」

「それでか。ここの海じゃちょくちょく見かけるんだぞ。……どれ」

櫂を操って、ボートを『牛』に近づけた。

その太い首に護堂はナイフを振りおろし、とどめを刺して――

「よし！　早く離れよう！」

「これは!?」

護堂が必死でボートを漕いでいる間、梨於奈は愕然《がくぜん》としていた。

死んだ牛の亡骸《なきがら》がどんどん膨張《ぼうちょう》し、小さな陸地になる光景を目撃したからだ。しかも草花や木も生えて、膨張もさらにつづいて――

すさまじい速さで『島』が誕生したのである。


できあがったばかりの小島に上陸し、散策をはじめた。

護堂と梨於奈は花々が咲きみだれる原っぱを通り抜けて、今は広葉樹の緑もゆたかな森のなかを歩いている。

尚、梨於奈はしかめ面《つら》でぶつぶつつぶやいていた。

「……わたし、疲れているようです。首をかき切られた牛の死体がいきなり『島』になる白昼夢を見てしまいました――」

「夢も何も、もう島に上陸してるだろ」

「現実逃避させてくださいよ！　牛の死体が伏線《ふくせん》もなしに『島』になる超展開で、びっくりしたんですから！」

わーっと梨於奈が大声で叫ぶ。

森には鳥たちのさえずりがあふれ、虫の声もひんぱんに聞こえる。さっきはつがいの鹿を見かけた。蛇やトカゲも草むらを這《は》いまわっていて……。

「――この島、誕生から三〇分も経《た》ってないのに草花も木もたっぷりで、森はあるわ川はきれいだわ、鳥や獣もいっぱいいいそうだわで、どうなってるんですか!?」

梨於奈は納得しきれない顔で、さらに言う。

にやっと笑った護堂、落ちついてコメントした。

「おかげで食糧には困らない。神話どおりなら薬草も多いはずだぞ」

「……神話？」

「ここは神話世界。俺たち人類が語り継いできた神話を再現した異世界だ。当然、元ネタがあるはずだろう？」

昔とちがい、今の草薙護堂には十分な神話の知識もある。

講釈される側の梨於奈は、不可解そうだった。

「この世界はサンクチュアリ・ヒューペルボレア。でも『ヒューペルボレア神話』なんて地球のどこにも存在しません。そもそもこの言葉は『北風の彼方《かなた》』という意味で、ギリシア神話に登場する地名です」

「北にあるっていう、太陽神アポロンの生まれ故郷だな」

高校生の頃の自分より、梨於奈はよほど神話に精通している。

若いのにしっかりしてるなとひそかに感心しながら護堂は相づちを打ち、梨於奈はさらに考察していく。

「太陽神を崇《あが》める人々が住み、自然ゆたかな理想郷——とギリシア神話は伝えていますけど。このヒューペルボレアは海と島ばかりで全然ちがいます」

利発そうな少女が核心に近づいてきたので、護堂はさらりと言った。

「でも、このできたての島、住み心地よさそうだろ？」

「えっ？」

「たぶんさ。人間はこれから誕生して、増えてくんじゃないか？」

「……そういうことですか」

護堂としては、まだディスカッションの序盤という認識だったのだが。

いきなり梨於奈が目を輝かせて、ぶつぶつ言いだした。その内容、百戦錬磨のカンピオーネを驚嘆《きょうたん》させるに足るものだった。

「北欧神話には『はじまりの巨人』がいます。——昔、海も大地もなかった世界で、ひとりの巨人が死ぬ。その死体が陸地になり、流れ出た血が海になる。巨人の骸《むくろ》からは草木や動物たち、そして神や人類まで生まれていった……。インド・ヨーロッパ語族の文化圏に多いタイプの創世神話です」

いにしえの物語をおごそかに詠《よ》みあげる梨於奈。

まさに核心を衝《つ》くエピソード、ずばりと選んでみせた。護堂は口を挟まず、彼女の独り語りを拝聴することにした。

そして、ここからは一気呵成《いっきかせい》。梨於奈はぽんぽん言葉を紡《つむ》いでいく。

「このパターンの神話、より古い年代までさかのぼると、死ぬのは『はじまりの巨人』ではなく『獣』になります」

「インド神話の原人プルシャは千の頭と千の足を持ち、とても人間とは呼べない姿でした。ペルシア神話では、原初の雄牛から穀物と薬草、動物たちが誕生します」

「犠牲の獣。命を生むための生け贄《にえ》」

「ここヒューペルボレアでは、聖なる牛が海で死に、その骸から大地が生まれ、島になる。これはたぶん、『非常に古いインド・ヨーロッパ語族の創世神話』を再現したサイクルなのでしょう」

「犠牲の獣が新たな大地になる」

「つまり『世界の創造』を小規模ながら再現しつづけているんです」

怒濤《どとう》の勢いで梨於奈にまくし立てられて。

護堂はパチパチ拍手した。

「俺の一言でそこまでわかるのか。君、頭いいな！」

「よく言われます」

心からの賛辞にどや顔で返答する少女。護堂は苦笑した。

「謙遜《けんそん》は知らないようだけどな」

「そんなのなくても、わたし、完璧《かんぺき》ですから」

「性格が女王様なのはよくわかった」

「それより、ヒューペルボレアはどうして海ばかりなんでしょうね？」

「俺の知り合い――ガスコインってやつはこう推測してたよ。『おそらく一度、大洪水で滅びたあとの世界だからだ』って。哲学者プラトンは洪水で沈んだアトランティスの話を書いた。その元ネタになったのは、まちがいなく神話だ」

「北欧神話のラグナロク。ギリシア神話ではデュカリオンの洪水とトロイア戦争」

梨於奈がすかさず具体例を挙げた。

高校時代、カンピオーネになったばかりの護堂なら、まずついていけない。しかし、当時の自分と同年代の少女、あっさり合いの手を入れてきた。

そのレスポンスのよさを心地よく感じて、護堂は微笑んだ。

「ノアの箱舟。ギルガメッシュ叙事詩《じょじし》もそうだな」

「みんな、神の怒りで大洪水が起こり、世界が滅びる話……」

「ああ。そうした神話では語られることのすくない『大洪水のあと』。全てが海に沈んだあとで、再生と復活を繰りかえす世界なんだろうな、ここは」

ついに結論へたどり着き、護堂は満足した。

いや、最近の若い連中は本当に頼もしくて、それがうれしい。

……たぶん、生きわかれた我が子たちのことがあるからだろう。いつの頃からか護堂は、若者・子供たちがのびのび育っている、生来の資質をのばしていると実感すると、無性にうれしくなってしまうのだ。

そんな護堂へ、梨於奈が訊《たず》ねてきた。

「ところで……そろそろいいですか？　あなたのお名前をうかがっても」

「そういや、まだ名乗ってなかったな。草薙護堂だ。実は結構おっさんなんで、君たちよりもだいぶ先輩になるはずだぞ」

5

不思議な同族・いかにも好青年という神殺しとの戦いから数時間後。

六波羅蓮《ろくはられん》とふたりの仲間は夜を迎えていた。まだ《水の乙女》の島にいるものの、戦場となった浜辺ではなく、夜の森にいた。

「夜になってしまいました。梨於奈《りおな》さま、ご無事だとよいのですけど」

心配するカサンドラへ、蓮はウインクして伝えた。

「今のところ心配ないよ。そこそこ元気そうだ」

「おわかりになるのですか!?」

「僕と梨於奈は一心同体。神様のパワーでつながったパートナーだからね」

蓮が三番目に倒した神は女神ニケ。

智慧《ちえ》と戦争の女神アテナに仕《つか》える、翼ある従属神だ。彼女から簒奪《さんだつ》した権能《けんのう》《翼の契約》によって、やはり有翼の霊鳥《八咫烏《やたがらす》》である梨於奈を己《おの》が眷属《けんぞく》としている。あの好青年風神殺しがイノシシを使役《しえき》するように――。

その絆《きずな》で梨於奈の健在を察知しつつ、蓮はあたりを見まわした。

夜、しかも鬱蒼《うっそう》とした木々や下生えの間を歩いている。

もちろん真っ暗で、本当なら前進するだけでも困難な道のりになるところ。が、ここは奇妙な森だった。

森を切りひらいて、人が歩くためとおぼしき道を造ってあるのだ。

しかも途中のあちこちで篝火《かがりび》を焚《た》いていて、夜間でもかなり歩きやすい。

その道を進む蓮の左肩には、身長三〇センチのミニ女神さまが腰かけている。夜間のアウトドア活動に機嫌をそこねて、ステラは仏頂面《ぶっちょうづら》で言った。

「ところで蓮。こんな森のなかで、何をするつもり？」

「海の近くの方がよろしいのでは？　あの神殺しさまがまた攻めてきます」

「実は気になることがあって。――お、またあった」

蓮が指さす先にはまた篝火。ぱちぱち音を立てて、燃えている。

「この島、あちこちで火を焚いてるよね」

「《水の乙女》とかいうバカ女神、夫は《焔《ほのお》の戦士》と言ってたわね。たぶん、その旦那に捧《ささ》げる焔よ」

さすが女神、ステラがあっさり教えてくれた。だが。

「でもさ。僕たち……旦那さん本人にまだ会ってないよ。ちょっと気になっちゃってね。どうして姿を見せないんだろう?」

　納得できない蓮に、カサンドラが提案する。

「奥様にうかがってみてはいかがでしょう?」

「あのお姉さんはたぶんはぐらかすよ。何か隠してる気がするんだ、あのひと」

「蓮。あちらの篝火へ向かいなさい」

　やにわに左肩のステラが左を指さした。

　森の道、ちょうど十字路にさしかかっていた。直進ではなく左折を指示されて、そちらを蓮は見てみる。

「お、向こうでも火を焚いてたのか。その先にも篝火がやっぱりたくさん、一定間隔で置いてあって――なんか『焔の道』みたいだ」

「まさしくそうなのでしょうよ」

　珍しくおごそかなステラ。どうやら女神の霊感がはたらいたらしい。

　耳元からの聖なる託宣《たくせん》、蓮は心して聞いた。

「あの火が《焔の戦士》への捧げものなら、燃ゆる焔で彩られた道は彼の神域に至る道しるべだわ」

　となれば、善は急げ。

　蓮たちは足早に森の道を進み、崖に突き当たった。

「行き止まり……じゃないね」

ゴツゴツした崖の一角に、穴が開いていた。

洞窟なのだ。ステラを肩に乗せた蓮が先を行き、すぐうしろにカサンドラが続くという隊列で入っていく。なかは真っ暗闇《くらやみ》、ではなかった。

ぼうっ！

洞窟内に置かれていた壺に差してあるたいまつ、いきなり着火音と共に燃えだして、篝火となった。ひとつだけでなく一〇個、二〇個とある。

それだけ広い洞窟なのだ。

その岩肌に描かれたものたちがたくさんの明かりに照らされて――

カサンドラが賛嘆《さんたん》した。

「まあ。いろいろな『絵』が描いてありますわ」

「牛とか馬とかの壁画がたくさんで――前に観光したアルタミラの洞窟みたいだ。いちばん大きなあれは蛇かな？」

洞窟壁画を前にして、蓮はつぶやいた。

スペイン北部のアルタミラ。旧石器時代に描かれた動物たちの絵で有名な世界遺産。蓮は現地の博物館でレプリカを見た。

尚、この島の洞窟壁画には、アルタミラにはない『とある獣の絵』がある。

それはひときわ大きく描かれた蛇、もしくは長い尾を持つトカゲで――モデルを見抜いたのは小女神のステラだった。

「竜の絵姿ね。この獣たちは『戦士の獲物《えもの》』を描いたのよ」

「戦士？」

「奥を見なさい。戦士の墓標よ」

ステラが指ししめした洞窟の奥に、何かが突き立っていた。

黒い棒きれを地面に突き刺したようだ。しかも、まわりには土器とおぼしき壺が円を描くようにいくつも置かれている。

「あの黒い棒きれ、何なんだろうね？」

「錆《さ》びついた剣でございましょう。まわりの壺はよくわかりませんが……」

さすが武門の王女カサンドラ、棒の正体にすぐ気づいた。

「一、二、三……壺、八個もあるよ」

数える蓮。するとステラがつぶやいた。

「大方、骨壺か棺《ひつぎ》でしょうよ。あのバカ女神の旦那の――」

「あのお姉さんの御主人、亡くなっていたのか!?」

「……ええ。我が夫《ヴァハグン》は八つ裂きにされて死んだの」

「奥様！」

カサンドラが振りかえり、愕然《がくぜん》としていた。

いつのまにか《水の乙女》が蓮たちのうしろにいたのだ。麗《うるわ》しき黒髪の女神は悲痛な声で語りだした。

「神罰の洪水が大地を襲い、世界が海に沈んだとき——。夫は《水の竜》と戦い、八つ裂きにされたわ。……でも予言があるの。いずれヴァハグンが火の力を得るならば、彼は《焰の戦士》となって復活するだろう——」

「似たような話を最近聞いたな……」

「死の試練と英雄の復活！　バカ女の旦那は太陽神アポロンの同類よ！」

怪訝《けげん》に思った蓮へ、ステラが叫ぶ。

そう。自分たちが神話世界ヒューペルボレアへ来た理由。ギリシア神話の太陽神として有名なアポロンを追ってきたのだ。

彼は故郷であるヒューペルボレアへ、予言者カサンドラを連れ去った——。

帰郷後、アポロンは竜に殺された。しかし、より強大な《火の神》として再生し、六波羅蓮と雌雄《しゆう》を決したのである。

聖なる者、力ある者が死と新生を経《へ》て、新たな力や属性を得る。

ヒューペルボレアではしばしば起きる出来事だと教えてくれたのは、梨於奈のお師匠《ししょう》さまでもある神殺しにして大魔術師・羅翠蓮《らすいれん》だった……。

事情を呑みこめた蓮の前で、《水の乙女》はさらに語る。

「実はね。もうひとりの神殺し——あの海賊が『火の精霊』を隠し持っているの。それを何としてでも奪い、夫に捧げるつもりだったのだけど……。でも今日、もっといい獲物を見つけたわ」

ひどく酷薄《こくはく》に《水の乙女》は微笑んだ。

「——あの海賊めに連れ去られた娘、火の鳥の化身《けしん》だったのね。気づかなかったのは迂闊《うかつ》だったわ。でも、わかった以上、見逃す手はない」

「うわ。もしかしなくても梨於奈のことだ！」

「我が夫ヴァハグンよ、今こそ、わたくしの命を糧に復活なさる時よ！」

もはや蓮の方を見もせずに、女神は叫んだ。

途端に虚空《こくう》から長剣が飛んできた。その切っ先でつらぬかれた《水の乙女》の胸から、鮮血が飛び散った刹那《せつな》。

錆びた剣を取りまく壺たち、ぱりんぱりんと全て砕け散る。

すると八つの壺から『人間の体』が飛び出してきた。たくましい青年の手足であり、頭部であり、胸に腹部に腰であった。

それらの各部位、剣が刺さった女神の体に吸いこまれていく——。

次の瞬間にはもう、そこに立っているのは全裸の美青年。巻き毛の金髪と同じ色のあごひげをみごとにたくわえていた。

ステラが憂鬱《ゆううつ》そうにささやく。

「八つの骨壺から両手、両足、頭、胴——八つ裂きにされた体が飛び出て、自害したバカ女神とひとつになった……。まずいわよ蓮。この夫婦、ふたり合わさることで強引に旦那の体を復活させたみたい」

「まあ！　戦士の御姿になられましたわ！　こういう二人羽織がありなんてなあ」

「名前、ヴァハグンだっけ？　こういう二人羽織がありなんてなあ」

カサンドラの驚愕、蓮のぼやきをよそに、復活は完了した。

全裸だった美青年の体、いまや忽然《こつぜん》と顕《あらわ》れた青銅の鎧《よろい》で守護されている。

手にはみごとな太刀《たち》。ゆるく弧を描く刀身はなぜか日本刀とよく似ていて、しかも禍々《まがまが》しい漆黒《しっこく》――。只《ただ》ならぬ由緒《ゆいしょ》がありそうな剣である。

この黒い剣をヴァハグンは天にかざした。

「guaaaaaaaaaaaaa！」

青年神の体から大量の電流が放出された直後。

電光をまとった彼は洞窟の出口めがけて、まさしく稲妻の速さで飛んでいった。『ドォオンッ！』という雷鳴のような轟音《ごうおん》がひびきわたる。

「洞窟から出たってことは……」

「蓮さま！　わたくし今、未来が見えましたわ！　まもなく梨於奈さまの身にたいへんなことが――！」

「そうなるよねえ、当然」

カサンドラの予知を聞いて、蓮はつぶやいた。一刻も早く救援にいかないと、パートナーが危ない！

6

誕生したばかりの自然ゆたかな島。

そこで護堂《ごどう》は、しばらく食糧の採取にはげんでいた。食べられそうな野草に果実、さらにつかまえた虫をエサに魚を釣りあげる。

ぶつぶつ文句を言う『人質』にも手伝わせて、ついに一段落。

適当な浜辺に腰を据えた護堂、連れの少女へ声をかけた。

「食糧も確保したし、この砂浜でバーベキューやるか」

「あ、期待されるといけないので宣言しておきます。わたし、いかなるときも『食べる専門』ですので」

たとえ囚《とら》われの身でも平常運転の鳥羽梨於奈《とばりおな》。

えらそうな言いぐさに苦笑しながら、護堂は食材に手をのばそうとした。

「だと思ったよ、女王さま――何だ、この音?」

遠くでいきなり雷鳴がとどろいたかと思えば。

ドォン！　かなり近くに雷が落ちてきた。ほんの十数メートル先の大地を天から降臨した閃光が打ち据えたのだ。

しかも、その雷は『青年』の形をしていた。

たくましい美丈夫《びじょうふ》。顔の下部をおおうあごひげのおかげで、ひどくワイルドだ。青銅の鎧《よろい》を身につけ、黒い鉄剣をたずさえている。

その武器は護堂にとって特になじみぶかいもので――梨於奈が叫ぶ。

「剣を持った戦士が空から降ってきました！」

「あれ、天叢雲剣《あまのむらくものつるぎ》じゃないか！　あの女神が俺からぶんどったやつだ。あいつがうわさの旦那さま、《焔《ほのお》の戦士》だな！」

「でも、その割に、全然燃えてません――きゃあああああっ!?」

不意に梨於奈の体が浮きあがり、吸いよせられた。

髭面《ひげづら》の青年の方へ。そのまま吸引、融合。少女梨於奈を吸いこんだ瞬間、《焔の戦士》に火がついた。

彼の金髪と髭がめらめら焔を発して、両目も輝きだす。

「ｇｕａａａａａａａａａａａａａａａａ！」

発火で高揚したらしく、《焔の戦士》はシンプルに雄叫《おたけ》びをあげる。

どうやら雄弁家《ゆうべんか》、おしゃべりなタイプではないらしい。剣神系にありがちな戦闘に特化したタイプの軍神なのだろう。

敵を値踏みしながら、護堂はつぶやいた。

「火の鳥――つまり『火の精霊』を吸いこんで、戦士の髪と髭が燃えはじめた。両目もぎらぎら太陽みたいに輝いて……こいつの名前、もしかして――」

「ｇｕａａａａａａａａａａａａ！」

また雄叫び。いよいよ戦士の全身が紅蓮《ぐれん》の焔につつまれた。

そして護堂へ天叢雲剣《あまのむらくものつるぎ》の切っ先を向ける。本来の持ち主から《水の乙女》が奪った日本国の宝剣を。

「《焔の戦士》復活ってわけだ。でも落ち着けよ。俺に剣を向ける必要ないだろ？」

「ｇｕａａａａａａａａａａａａ！」

冷静になだめても、戦士の闘志はすこしも収まらない。

護堂は肩をすくめた。平和主義者としては言いたくないセリフだが——

「話が通じる相手じゃないか。頼むハヌマーン！」

権能《けんのう》《ハヌマーンの影》。

最強の大敵であった魔王殲滅《せんめつ》の勇者にしてインド神話の大英雄ラーマ。

その腹心であった戦神こそハヌマーン。孫悟空《そんごくう》伝承にも影響をあたえたとの説もある猿神より奪った権能が今、大猿のシルエットとして出現し——

全身燃えあがる《焔の戦士》を丸呑みにした！

そのままひとっとび。群青《ぐんじょう》色の大海原に飛び込んでいく。

「上手《うま》く海に引きずり込んだか。さすがハヌマーン」

かつて草薙護堂の宿敵に仕《つか》えていた副将格。

もともと忠実な知恵者だったが、護堂の権能と化したあとも、気の利《き》いたことをいろいろやってくれる。

「よし。海水でやつの頭と焔を冷やしてやろうぜ――ん？」

護堂は目をみはった。

ハヌマーンが沈んだあたりの海面に、もうもうと水蒸気が立ちこめだした。濃霧《のうむ》でも発生したかのような光景だ。

眼前の海に広がる水蒸気の発生源、ひとつしか思いつかない。

「《焔の戦士》だもんな。パワー全開の焔でここらの海水を全部蒸発させるつもりか。こりゃハヌマーンも長く保《も》たないぞ」

「お、いたいた！」

ひとりごちた瞬間、聞き覚えのある声。

ぎょっとした護堂がそちらを見ると、六波羅蓮《ろくはられん》が当然のように走ってくる。

「おまえか、後輩！　どうやって来た？」

「もらい物のヨット――魔法の船があるんだ。行きたい方角へ勝手に進んで、すごいスピードも出る。風にも乗ったから早く着けたよ」

種明かしをする六波羅蓮、いたずらっぽく微笑んでいた。

茶目っ気と人なつこさにあふれている。そこはサルバトーレ・ドニなども同じだが、『剣の王』が隠し持つ狂気の類《たぐい》を一切感じさせない。

人格の表も裏も隠さず、あけっぴろげにさらけ出しているとでも言おうか――。

六波羅蓮の軽さにつられて、護堂は思わず言った。

「いいもの持ってるな……。俺の船なんか手漕《てこ》ぎだぞ」

「いろんな人から借りたり、もらったりするの、僕の特技なんだ」

「要領よさそうだもんなあ」

「僕と梨於奈は一心同体だから、大体の場所はわかってたしね。それで先輩、僕の相方の彼女だけど——《焔の戦士》さんに取りこまれた？」

もくもく立ちこめる水蒸気を見やる六波羅蓮。

一心同体と言うだけあって、パートナーの状況も認識済みのようだ。だったらと護堂はいきなり言った。

「正解。で、どうする？　俺との勝負、続けるか？」

「依頼人はいなくなったし、続ける理由ないんだよね。ちなみに先輩は《焔の戦士》とやり合う気ある？」

「相棒みたいな剣を取られてる。無視はできないな」

「いいね！　僕らふたりの共同作戦で問題解決、ウィンウィンだ。しばらくよろしく！　……あれ先輩、握手しない人？」

とんとん拍子《びょうし》で結論に至った後輩、笑顔で右手を差し出している。

そのどこか胡散《うさん》くさい手をじろっと凝視《ぎょうし》しただけで、護堂は応じなかった。

「相手による。おまえ、調子よさそうだからな」

「うん。よく言われる」

「そのときの状況次第で敵になったり味方になったり、要領よくやられそうでな。一〇〇％信用できる気があまりしない」

用心深く護堂が告げた途端だった。

六波羅蓮は愉快そうに笑い、けろっとした顔で言ってのけた。

「やだな先輩、そんなの当たり前だよ！　僕たち一心同体じゃないんだから、目的がちがえば敵味方に分かれるのはおかしな話じゃない！」

「そう来るか」

護堂は苦笑いした。想像以上の調子よさとしたたかさ。

こんなチャラ男でも、やはりカンピオーネのひとりにふさわしい曲者《くせもの》なのだ。

「でも、今は利害が一致している。ちょっとの間パートナーになろう！」

あげく、この言いぐさ。護堂はついにうなずいた。

「了解だ。おまえ、やっぱり俺たちの『同族』だな」

「どういうこと？」

「神様を殺しちまうようなやつらはな。大体いきあたりばったりで『終わりよければ全てよし』の、身もふたもない連中ばかりなんだよ」

「なるほど。先輩もそうなんだ！」

「ぐっ!?　……ノーコメントだ」

「今の反応で十分わかったけどねー」

飄々《ひょうひょう》とからかってくる六波羅蓮。

こいつ、やっぱり油断ならないと思いながら、護堂は怒鳴る。

「うるさいぞ後輩！　俺は草薙《くさなぎ》護堂だ。べつに忘れてもいいけどな！」

「僕は六波羅蓮。忘れられたら、ちょっと悲しいな」

「おまえみたいなやつ、忘れる方がむずかしいよ！」

言い合う間に、海から出てくるものがいた。

この一帯の海上にもくもく広がる水蒸気――しかし、この白い気体がとどかない高さまで浮上してきた飛翔体。

全身燃えあがった《焔の戦士》そのひと。

蓮と護堂のいる島の浜辺を闘志に燃える表情でにらみつけている。

「ハヌマーンは……海のなかで力尽きたか。やつの焔、かなりのパワーだぞ」

眷属《けんぞく》の消滅を感じとった護堂へ、蓮が訊《たず》ねてきた。

「そういえば、先輩も太陽の力を持ってるんだって？」

「ああ。でも、やつに使うのはむずかしい。……俺の力は使う条件が厳しくってな。特に太陽を呼ぶやつは『民衆を苦しめる大罪人』にしか使えない」

「ハードル高すぎだよ、それ！」

後輩からつっこまれて、護堂はつぶやいた。

「仕方ないんだよ。俺が最初に倒したのは『正義と民衆の守護神』だったから」

「その神様から奪った権能で戦ってるんだ？　すごいな。正義の神に勝つなんて、大魔王の貫《かん》禄《ろく》ばっちりだ！」

「んくっ。人がひそかに気にしてることを……」

「誉《ほ》め言葉なんだしいいじゃない――来るよ」

途中まで半笑いで話していた蓮、いきなり鋭い小声で言った。

ヴァハグンはといえば、天叢雲剣《あまのむらくものつるぎ》を天にかざしていた。すると空から、焔の弾丸が流れ星よろしく降ってくる。

それも護堂たちのいる砂浜めがけて。焔の弾《たま》はすぐ近くに落ちた。

ドォオオオオオン！

砂浜に着弾するなり爆発し、爆焔まで巻きおこす。しかも二発目、三発目と、連射もはじまって――

「走れ！　止まっていたら的《まと》になる！」

焔弾の直撃を受けまいと、護堂は砂浜を走り出した。

すこし距離を取って、蓮も併走しだす。あちらも体力と運動能力には不自由してないようで、走るフォームがきれいだった。

「《焔の戦士》が空にかざしてる剣、あれ、先輩のなんだ!?」

「ああ！　指揮棒代わりにされてるな！」

ドォォォォォォオン！　ドォォォォォォオン！

ふたりが走り抜けたあたりに次々と焔の弾が降ってくる。背後から迫る着弾音を聞きながらの怒鳴り合いだった。

「遠隔操作で呼びもどして、指揮を妨害できない!?」

「できたらやってるよ！　とにかく走れ！　動いてる方が当たりにくい！」

「了解──あっ」

声高に言い合っていた最中だった。

時間の問題ではあったが、ついに焔弾のひとつが標的その二──六波羅蓮の頭上に降ってきたのである。

着弾。直撃。そして爆発が起き、後輩の細い体が呑みこまれる。

「後輩!?　六波羅蓮!?」

このとき、護堂は初めて相手の名を呼んだ。

7

爆発で抉《えぐ》られた砂地。硫黄臭《いおうくさ》さが立ちこめている。

そこにはもう、あの軽妙・軽薄な青年の姿はなく──。まさか、こんなあっさりやられるような男だったのか？　神を殺《あや》めているはずなのに？

ちょうど焔《ほのお》の弾雨《だんう》がやんでいた。

空を見れば、《焔の戦士》が天叢雲剣《あまのむらくものつるぎ》を降ろして、左手で撫《な》でていた。

呪力を刀身に集めているようだ。焔の弾丸を〝再装塡〟中というところか。護堂は足を止めて、蓮《れん》の消えたあたりにもどった。

「――木《こ》っ端微塵《ぱみじん》にふきとんだか。くそ。チャラいうえに調子よくて、人の痛いところを妙に突いてくるやつだったけど……」

「……実は結構気に入ってた、とか？」

お茶目な感じで笑っているのは、きっとわざとだ。

当然のように横から声をかけてきた六波羅蓮《ろくはら》。護堂《ごどう》はじろりとにらんだ。

「……おい。木っ端微塵男」

「なってないなってない。ちゃんとぎりぎりで避けたから。僕は逃げ足が速いんだ。加速装置もついてるし」

「みたいだな。おまえ、音よりも速く動けるだろ？」

「当たり。すぐに気づくとはさすが先輩」

「そこそこいるんだよ、稲妻みたいな速さで走れる連中は！　先に申告しておけ！　無駄な心配させんな！」

「心配してくれたんだ？　うれしいな」

「ただの気の迷いだ、忘れろ！　それより、まだ来るぞ！」

空中で《焔の戦士》がふたたび剣を振りあげた。

護堂は走り出す。蓮もそれに倣《なら》う。同盟者の権能《けんのう》をひとつ知ったので、もうまったく心配などしない。代わりに思う。

(俺も同じ力を持ってるのは、隠しとくか)

いつか、べつの形で六波羅蓮と対峙《たいじ》したときのために——。

なので護堂は自前の走力だけで砂浜を駆け、平然と六波羅蓮もついてくる。たぶん、足の速さは蓮の方が上だ。

ドォォン！　ドォォン！　ドォォン！

背後でとどろく爆発音を聞きながら、護堂は同盟相手に声をかけた。

「おい足自慢。海の上を走って、空に浮いてる《焔の戦士》に一発ぶちかませるか？」

「残念。海と空は僕の担当外」

かなりの速さで疾走しながら作戦会議。

ふたりともかなり心肺能力を鍛えているからできる。まあ、タフネスの面で不安のあるカンピオーネに会ったことがないので、驚きはない。

それよりも問題は、空中の敵をどう攻めるかで——護堂は言った。

「……せめて敵の名前がわかればな」

「名前？　《焔の戦士》じゃなくて？」

「それはあだなだろう？　本名——真の名前だよ。敵の真名《まな》を知り、その本性をつまびらかにすることができれば、俺はウルスラグナの剣を使えるんだ」

「何、その剣？」

「神の名前ごと神そのものを切り伏せる剣、なんだけどなあ。ないものねだりをしても仕方ない——」

「ヴァハグン」

爆発に追われながらのぼやきに、蓮がさらりと言った。

「夫の名前はヴァハグン。島の女神さまが言ってたよ。これでどう？」

「やっぱりそうか！　反撃開始といくぞ、後輩！」

護堂はついに足を止めた。

空で天叢雲《あまのむらくもの》剣《つるぎ》をかざす《焰の軍神ヴァハグン》をにらみ、唱えだす。

「……神話世界ヒューペルボレアは、インド・ヨーロッパ語族の古い神話を再現したもの。俺たちの時代から数千年以上もさかのぼる」

「えっ？」

蓮があっけにとられていた。

護堂のささやき声から、光の玉が生まれていくからだ。

「今となってはオリジナルを知る術《すべ》はない。だが、その痕跡は古代ペルシア、そしてコーカサス地方の神話にはっきり残されている」

こぶしほどの大きさで、黄金に光り輝く球体の数々。

呪文のように『神の来歴』を語ることで、光の玉が次々と出現していく。いまや護堂たちの陣取った砂浜全体が光で満たされていた――。

「すごい。光の玉が数えきれないくらいだ！」

「コーカサス――カスピ海と黒海《こっかい》のほとりだ。俺たちがアルメニア、アゼルバイジャンとして知る一帯に……軍神ヴァハグンはいた。悪竜ヴィシャップを倒した竜殺しで、火焔《ほむら》の髪と髭《ひげ》を持つ太陽神でもあった！」

ようやく足を止めた護堂と蓮へ、焔の弾丸が降りそそぐ。

ヴァハグンはいまや、天叢雲剣《あまのむらくものつるぎ》の切っ先を地上のふたりに向けていた。集中砲火の態勢であった。しかし。

護堂に呼び出された光の数々、焔弾をことごとく打ち消している！

神殺しの後輩が驚嘆《きょうたん》していた。

「焔の弾《たま》を――先輩の出した光が全部防いでるよ……」

「こいつら、みんな『剣』なんだ。言霊《ことだま》の剣。俺が《軍神ウルスラグナ》から奪った武器だ。神をつまびらかにする言葉がそのまま神を切り裂く剣となる。だから相手の攻撃を全部切り裂いて、絶対に通さない――」

「つまり攻撃も防御も完璧《かんぺき》……すごい武器じゃないか！」

「ただ、ひとつ欠点がある」

目を輝かせる蓮。しかし護堂は空を見て、肩をすくめた。

ヴァハグンが弾幕による遠隔攻撃を取りやめ、天叢雲剣《あまのむらくものつるぎ》を振りあげながら、こちらに急降下をはじめている。

焰の弾幕では埒《らち》が明かないと見切ったのだ。蓮が訴える。

「たくさんある光の剣で押しかえそう、先輩！」

「もうやってる！　……止まらないなあ」

すぐにあきらめた護堂へ、後輩はぼそりとつっこんだ。

「言霊の剣って超派手だけど、これだけで押し切れるパワーはない……？」

「ま、そういうことだ」

「ｇｕａａａａａａａａａａａａａ！」

「集まれ、黄金の剣たち！　光の壁になって、俺と後輩を守れ！」

急降下の勢いそのまま、ヴァハグンが地上に降り立った。

護堂と蓮、神殺しふたりの目の前に。しかも、たくましい戦士の肉体が三倍にふくれあがり、巨人と化していた！

合わせて大きくなった天叢雲剣、豪快に振りおろしてくる。

ぶぅん！　風切り音だけですさまじい。

これを防いだのは、護堂が集めた『光』たち。剣の言霊は護堂たちのまわりを光の天蓋《ドーム》となって、取り囲んでいる。

言霊の光が天叢雲剣による斬撃を幾度も押しかえし、ヴァハグンは咆哮《ほうこう》する。

「guaaaaaaaaaaaaaaa！」

ぶぅん！　ぶぅん！　ぶぅん！　ぶぅん！

豪快な風切り音のみ繰りかえされて、護堂にも蓮にも神刀の刃《やいば》はとどかない。今のところディフェンスは完璧。あとは攻撃に転じるだけ——

「攻めの駒がもう一枚必要か。あれはやりたくないんだよな……」

ぼそりとつぶやいたら、耳ざとく蓮が聞いていた。

「つまり、やろうと思えばやれるんだ？　その切り札、ぜひ使ってほしいなあ」

「気楽におねだりしやがって」

「僕、ここで死ぬわけにいかないからさ。先輩もそうでしょ？」

調子よく、しかも可愛い感じで頼んでくる。

曲者《くせもの》ばかりのカンピオーネの顔ぶれに、また異色の変わり者が加わったようだ。その事実を痛感しながら、護堂は言った。

「……なあ後輩。俺が最初に倒した神はウルスラグナ。古代ペルシアの軍神なんだ。地名でいえばイラン高原、ヴァハグンのご当地アルメニアとは地続きのあたりだ」

いきなりの歴史・神話語り。

案の定、お調子者の後輩につっこまれた。

「勉強になるけど、今、聴きたい話じゃないかな……」

それはそうだろう。

巨体化した軍神が『ぶうん！　ぶうん！』と太刀《たち》を休むことなく振るいつづける。

ノンストップの斬撃に、今のところ光の天蓋《てんがい》は持ち堪《こた》えている。ただし、天叢雲剣《あまのむらくものつるぎ》の黒い刀身までいつのまにか焔につつまれていた。

その熱が天蓋のなかへ伝わり、蒸し風呂のような熱さだった。

言霊の剣による防御、破られつつある証《あかし》。悠長に話しこめる戦況ではない。

しかし、護堂は尚も語る——。

「まあ聴けよ。近いから当然、交流もある。古代アルメニアの言語と文化、イランの影響がかなり大きい。イラン高原の『正義の神』だったウルスラグナの名前から、アルメニア語にはない発音を抜くと——ヴァハグンになる」

「えっ？　同じ神様ってこと？」

「同一ではない。だがヴァハグン伝説は明らかにウルスラグナの神話が元ネタだ。俺が倒した神様は当時、それだけメジャーな存在だった。民衆を守り、十の姿に変身する。第一の化身《けしん》は風、第二は雄牛、そして第三の化身が白馬——。黄金の飾りをつけ、東から西へと太陽を運ぶ白馬……」

「あれ？　向こうの空がやけに明るい——？」

蓮が見やったのは『東』の方角であった。

方位磁石がなくても護堂にはわかる。

なぜなら夜間であるにもかかわらず、水平線の彼方《かなた》で太陽がわずかに顔を出し、暁《あかつき》の曙光《しょこう》を照射しはじめていたからだ。

こめかみをずきずき襲う頭痛は、ウルスラグナの化身を二重使用したため。

黄金の剣を呼ぶ『戦士』と太陽を運ぶ『白馬』、そのふたつを――。

「我がもとに来《きた》れ、勝利のために。霊妙なる馬よ、汝《なんじ》の主たる光輪を疾《と》く運べ！」

護堂の唱えた言霊に応《こた》えて。

東方より来りし太陽は、水平線上に現れた半円として光を放つ。

その光景に、蓮が驚愕《きょうがく》していた。

「見まちがいじゃない！　夜なのに太陽が昇ってきた！」

「『白馬』の化身を使った。ウルスラグナの権能な、要は一〇種類の必殺技なんだよ。言霊の剣とか猪《いのしし》とか――太陽の焔をレーザーみたいに地上へ落としたりとか」

「さらっと今、とんでもないことを言ったね!?」

まばゆい光のかたまりが東の空から降りそそぐ。

それは戦場となった砂浜を全て呑みこむほどに太い光の柱で、太陽から放たれたレーザー砲撃であった。

閃光と超高熱がヴァハグンを、そして護堂と蓮も襲う！

「ま、待った！　この光線、僕たちまで呑みこんでいく――わあああっ!?」

「安心しろ。俺たちは大丈夫だ」

あわてる後輩を護堂はなだめ、逆にヴァハグンは咆哮する。

「ｇｕａａａａ！　ｇｕａａａａａ！」

闘志の表れだった今までとちがい、苦しみ悶《もだ》える声。

護堂は「よし！」と、拳をにぎり込んだ。

一方、蓮は不思議そうにしていた。自分たちを今も守る『光の天蓋』、剣の言霊を集めた防壁のなかで。

「……ヴァハグンを封じる言霊で作った壁、先輩の光線まで防いでいる？」

「ウルスラグナを封じる言霊も唱えたからな」

「よくわからないな。そもそも先輩、ヴァハグンを撃つのに、僕たちまで巻きこむ必要ないんじゃ……？」

「白馬の的《まと》になるのは『民衆を苦しめる大罪人』だけ。仕方なかったんだ」

「ｇｕａａａａ――！」

東の空より降りそそいだ閃光を浴びながらの問答。

同じ光のなかでヴァハグンは今も苦悶《くもん》し、神殺しふたりは守護されている。なるべく言葉すくなに護堂は答えたのだが、六波羅蓮は察しよく気づいた。

「大罪人ってまさか――先輩のこと？」

「皆まで言うな。そこは察しろ」

「そうか！　自分を標的に光線を撃って、ヴァハグンを巻きこんだんだ！」

「だから皆まで言うんじゃないっ！」

「あははは！　さっきの自分語りは『軍神ウルスラグナの光線から自分自身を守るため』の言霊だったのか！」

　思い切り爆笑してから、蓮は視線を転じた。

　強大無比な熱光線の照射もついに終わり、たっぷり浴びたヴァハグン、その全身が真っ赤に光っていた。

　超高温の溶鉱炉に突っこまれた鉄鉱石さながらに。

　しかし赤熱しながらも倒れてはいない。ヴァハグンは天叢雲剣《あまのむらくものつるぎ》をよろよろと振りあげ、こちらに切っ先を向ける。

　そういえば剣神たち――剣を擬人化した軍神には『不死身』が多い。

　それは青銅、鋼鉄の硬さ、堅牢さを現した権能なのだ。

　また、護堂はあることを思い出した。

「そういや、あいつも太陽神だったな。太陽に太陽をぶつけても倒しきれないか……」

「いや。光はより強い光を当てれば消える。あとはまかせて」

　不意に六波羅蓮が請《う》け合った。

　にこりと笑って、ひどく自信にあふれた面構《つらがま》えで。

「これでも僕、結構強いんだ。――命に仇《あだ》なす悪行へ、ネメシスは神罰を下す。正義の裁き、かくあれかし！」

　右手の人差し指と中指をそろえ、ヴァハグンに突きつける。

蓮がこの仕草をした途端、圧巻の猛攻がはじまった。

上空から焰の弾丸が続々と降ってきて、赤熱した軍神を打ちのめす。打ちのめす。打ちのめす。当たる端から爆発も起きる。

ヴァハグンは「ｇｕａａａａ!?」と悶絶し、膝《ひざ》をついた。

それでも焰の弾丸はやまず、焰の軍神を襲いつづける。蓮は軽やかに言った。

「さっき攻撃された分、そっくりお返ししてあげるよ！」

「ヴァハグンの弾幕を再現して、やつ自身に喰らわせてるのか？　蓮、おまえが言ってたクロスカウンターって——!?」

気づいた護堂に、稀代《きたい》のカウンター使いは親指を立ててみせた。

「うん。相手にやられた攻撃をそのままお返しすること」

「俺の猪もこれでKOしたんだな！」

「すぐにお返ししないで、ストックもできるしね。だから、こういうこともできる。先輩は何て言ってたっけ……？」

護堂はハッとした。

東の空が——ふたたび明るくなった。まさか。

「白馬の化身までコピーしたのか!?」

「我がもとに来《きた》れ、勝利のために。霊妙なる馬よ、汝の主たる光輪を疾く運べ！」

いつも護堂が唱える言霊を、今は六波羅蓮が口にした。

東方より飛来する閃光の柱。その輝きと超高熱、ふたたび護堂と蓮を呑みこんでいく。またしても光の天蓋が防壁となってくれた。

そして、今度こそヴァハグンは砂浜に倒れ伏した。

赤熱化していた彼の全身、どろどろに融解して海へ流れこんでいく。

「これで僕たちの勝利確定だ！」

「問題は、俺の剣とおまえの相方の回収だけど――」

「大丈夫。ほかのメンバーがヨットで海に出てるんだ」


ようやく戦いは終わったが、夜の海が荒れている。

しかし、借り物の『魔法の小型帆船』は激しい波を物ともせず、王女カサンドラと小女神ステラを乗せていた。

ふたりは船縁《ふなべり》から、荒れた海面を見つめていた。

「ほら鳥娘、早く船に上がってきなさい」

「こ、こちとら溺《おぼ》れないようにするだけで必死なんですよ！」

ステラに言われて、梨於奈《りおな》が文句を叫ぶ。

立ち泳ぎの真っ最中だった。熱した金属のごとく融解し、海に消えたヴァハグンの体内から解放されて、どうにか海面まで上がってきたのである。

その浮上ポイントを予知したのは、もちろんカサンドラの功績だ。

トロイアの予言者は船に欠かせない備品を投げた。

「梨於奈さま！　この縄におつかまりください！」

「た、助かりました！」

投じられたロープにつかまった梨於奈、カサンドラがすばやく引きあげる。

海辺のトロイア王国で育ち、馬術にも操船にも長《た》けている。おしとやかな姫君に見えて、かなりアクティブなのである。

ずぶ濡れの梨於奈、船上でぐったりしながら言った。

「ヴァハグンはどろどろに溶けて沈んでいきました。数年か数十年かけて、ゆっくり体を再生させていくのでしょうね……」

「亡くなられたのではないのですか!?」

驚くカサンドラ。神々の事情にくわしいステラが言う。

「あいつ、八つ裂きにされても復活するくらい頑丈だったのよ。あのくらいじゃ死なないでしょ、たぶん」

「さすが戦いの神でいらっしゃいます……」

「それより——波の間に何か漂っているわ。剣じゃない？」

ステラがめざとく見つけたもの、漆黒の太刀だった。

ぷかぷか水に浮かび、波間をただよっている。梨於奈はあきれた。

「金属製品が沈まないトンデモ現象、さすが神話世界ですね」

言ってから気づいた。

この剣、日本刀に酷似《こくじ》しており、ヴァハグンが振るったものにまちがいない。となると、何らかの神力がはたらいているのだろう。

そういえば、もうひとりの神殺しが剣について何か言っていたような……。

8

戦いのあと、今度こそ本当の夜明けを迎えていた。

ただし、もう戦場となった島にはいない。《水の乙女》が《焔《ほのお》の戦士》を祀《まつ》っていた島にもどってきている。

あの島の浜辺で、草薙護堂《くさなぎごどう》は昇る朝日を眺めていた。

なんとも疲れる一夜だった。もう決して若くはないという自覚のある身には、徹夜だけでも堪《こた》えるのに、神との戦いまで……。

一方、護堂をここまで運んでくれた船の乗組員らは文句なしに若い。

輪になって、元気におしゃべり中だった。

「ようやく元の島に帰ってきました！　人質なんてもうこりごりです！」

「たいへんでございましたね、梨於奈《りおな》さま……」

「まったくだわ。鳥娘が囚《とら》われたことなんてどうでもいいけど、あたしはとにかくど田舎《いなか》がイヤなの！　聞いてる、蓮《れん》!?」

「まあまあ。あの女神さまが言ってた空間歪曲《わいきょく》、早く見つけよう！」

本人たちに自覚はないだろうが、ひどく楽しそうだ。

微笑ましく思いながら、護堂は声をかけた。

「なら、ここでお別れだ。俺の剣も回収してもらったしな」

皆、いっせいに振りかえる。

心根のやさしそうな姫君、カサンドラに訊《き》かれた。

「草薙さまは……これから、どうなさるおつもりなのですか？」

「ヒューペルボレアにはまだ用がある。あちこち見てまわるつもりだよ」

護堂の返事を聞いて、梨於奈はあっさり言う。

「じゃあ、永遠のお別れになりそうですね」

「僕たちは地球にもどらないといけないからね。さびしくなるなあ」

「ま、再会することもないでしょうけど、達者でやりなさい」

六波羅《ろくはら》蓮と、おそらくその《顕身《けんしん》》――権能《けんのう》によって創り出した分身とおぼしき小女神も口々に言う。

しかし、護堂はぼそりとつぶやいた。

「永遠の別れに――なるかねえ……。このヒューペルボレアはな。たくさんある神話世界のなかでも、かなり特殊な位置づけらしいんだよ」

「どういうこと？」

同族の青年に問われて、護堂はずばりと言った。

「たとえば、俺やおまえみたいなのが次々と集まるところとか。……俺の知ってる連中もすでに何人か乗りこんでいる。おまえたち、心当たりないか？」

「あははは。うちのお師匠《ししょう》さまですねー」

梨於奈がひきつった笑いを浮かべている。護堂はうなずいた。

「俺もどこかに拠点《きょてん》を作らないとな」

すると、小女神のステラが不信感むき出しで宣言した。

「あなたたちが何をするつもりか知らないけど。蓮がつきあう理由はないわ」

「だといいけどな……。でも、俺たちカンピオーネにはいつだって予想外の何かが起きるもんだ。おまえもいずれ、この世界にもどってくるかもしれないぞ」

「カンピオーネ？」

この称号がない世界から来たのだろう。蓮は怪訝《けげん》そうに言う。

若き同族に背を向けて、護堂は歩き出した。

「神様を殺したやつのこと、俺たちはそう呼んでいる。……縁があったら、また会うだろ。じゃあな！」

さて、これから何人の同族と出会うのだろう？

六波羅蓮のように初対面の者もいれば、旧知のカンピオーネもきっといる。

「ま、さすがにアイーシャさんには会わないだろうけど。あ、いや、あの人のことだから、もしかしてもしかすると……」

不意に護堂が思い出したのは、なつかしきアイーシャ夫人。

今まで出会ったなかで、最も傍《はた》迷惑かつ危険な神殺し。まだ神様たちの方が威厳や名誉に気を遣《つか》う分、マシだった。

しかし彼女は、とある並行世界にて〝永遠の眠り姫〟と化した。

その一部始終を見とどけた者こそが草薙護堂。だから、自信を持って『あの人との再会はありえない！』と言えるはずなのに。

にわかに不安を覚える護堂であった。

あの人は起こるはずのないことをひきおこす大名人だったぞと……。


神殺しの先輩『草薙護堂』を見送って――

「振りかえりもせずに、行ってしまわれました……」

まずトロイアの王女カサンドラが感慨《かんがい》深げに言った。

話題の男と〝同じ種族〟である六波羅蓮も、しみじみとつぶやく。

「結構いい人なのに、えげつないことやる人だったねえ」

「蓮にそれを言われたくないでしょうね、向こうも」

「さあ。わたしたちは地球への帰り道を探しましょう。ヴァハグンの聖域だった洞窟とか、あやしそうですよ！」

パートナーのステラはちょっとあきれ気味、梨於奈はもう心を切りかえていた。

そして、蓮はぼそりと言った。

「うん。……でも、本当にここへもどってくるのかな？　もしそうなるのなら——あの人は敵と味方、どっちになるんだろうね？」

もちろん、蓮は知らない。

この言葉がいずれ来《きた》る『ヒューペルボレア英雄大戦』を予言していたことに。

幕間1 ——interlude 1——

◆名を捨てし歴史の管理者、多元宇宙の特異点にて記す

かくして神殺し二名は巡り会った。

この後、草薙護堂《くさなぎごどう》はヒューペルボレアの地にて流浪《るろう》の旅をはじめる。

一方の六波羅蓮《ろくはられん》は、故郷であるユニバース492へ帰還した。智慧《ちえ》と戦いの女神アテナがひきおこす『世界の終わり』を阻止するために。

ユニバース492の地球。

かの地は結局、滅びの大火で灼《や》かれたのち、神罰の大洪水によって浄《きよ》められ、ほぼ全ての陸地が海へ沈んでしまった。だが六波羅蓮はその終末をリセットすべく、『希望』と『眠り姫』の助けを受ける。

希望——。

それは本来滅びるはずではなかった人類の運命を正さんとする修正力。

眠り姫——。

それはユニバース492に封印され、永遠の眠りに囚《とら》われていた神殺しの魔女。アイーシャ夫人の忌《い》み名を有する者。

希望と眠り姫の力も借りて、六波羅蓮はみごと『世界の終わり』をくつがえす。

しかし、ふたつの代償を支払った。

まず第一の権能《けんのう》《因果応報《いんがおうほう》》を封じられた。

正義と復讐の女神ネメシスより簒奪《さんだつ》せし力。神速の逃げ足と〝クロスカウンター〟はこの権能ゆえであったのに。

そして、もうひとつの代償は──アイーシャ夫人の復活。

わずかひとつのユニバースを救う過程で、多元宇宙の全てを災厄に突き落としかねない魔女が解きはなたれたのである。


また、六波羅蓮の存在ゆえに生まれた《混沌《カオス》》はほかにもあった。

彼の連れとして神話世界ヒューペルボレアを訪れ、かの地にて別れ別れとなった古き日本《ひのもと》の貴人とその巫女《みこ》。

死者と戯《たわむ》れる両名の出来心がヒューペルボレアに変革をもたらす──。

第二章

厩戸皇子と玉依媛、屍者の都を築く

1

「おお、今日もよい天気だ。まさに旅日和《びより》であるな」

厩戸皇子《うまやどのおうじ》は目を細めて、ヒューペルボレアの空を見あげていた。

彼の故郷である日本国の空よりも、ずいぶんと青みが深い。同郷の出身である芙実花《ふみか》が知る空は、もっとくすんでいる。

鳥羽《とば》芙実花。玉依媛《たまよりひめ》、玉依の巫女《みこ》などとも呼ばれる。

『玉』とはすなわち御霊《みたま》、霊、魂である。芙実花は死者の魂を呼びよせ、会話し、我が身に依《よ》らせる能力者なのだ。

が、本来は文明生活（とボーイズラブ）を何より愛する女子中学生。

たまりかねて、いつものように芙実花は弱音を吐いた。

「旅日和はいいですけど太子《たいし》さま！　そろそろ、本当に、人のいるところをきちんと探してく

ださいっ！　もうどんなしょぼい村でも文句言いませんから！」

「は、は、は。まるで、我《われ》がわざと山中をさまよっていたかのように言う」

笑ってごまかす厩戸皇子は美形であった。

どこか物憂《ものう》げであり、男か女かも判然としない繊細な顔の造り。浮き世離れした空気を全身にまとっている。

黄丹《おうに》色の袍《ほう》に同色の冠、白い細袴《ほそばかま》といういでたち。

まるでマンガの世界から抜け出てきたようだ。現実感にとぼしい。

が、ある意味それも当然。彼は『亡霊』かつ『日本史上の超有名人・聖徳太子《しょうとくたいし》』であり、しかも非凡な霊力者でもあった。

芙実花は訴えた。

「わかってるんですよ！　何十人もの話を同時に聞いちゃえる豊聡耳《とよとみみ》で未然をしろしめす――未来予知者の太子さまなら、最短で人里に出るルートくらい、地図なしでもかんたんにわかるはずだって！」

「は、は、は、は」

「もう！　すぐに笑って聞きながすんだから！」

「許せ。ちと山歩きをしたい気分だった。我は亡霊ゆえ、足も疲れぬしな」

などと言う太子、実はしっかり実体があり、両足もある。

亡霊なのだがヒューペルボレアで『冥府《めいふ》帰り』の冒険行を成就《じょうじゅ》させ、もともと傑出《けっしゅつ》していた霊力がさらに成長し、亡霊でありながら実体化できる存在となったのだ。

その大冒険にもつきあわされた芙実花、声高く文句を言った。

「あたしはもう、慣れない山歩きでくたくたです！　食糧だって――」

「いや、いや。芙実花よ、食糧なら十分にあるぞ。見よ」

厩戸皇子が指さしたのは、荷運び用のロバだった。

数日前に出会った羊飼いの一家から頂戴《ちょうだい》した。胴体にくくりつけた荷かごには、燻製肉《くんせいにく》や干し肉、チーズに馬乳酒などが収まっている。

さらに皇子は、まわりの景色をぐるりと見まわす。

山間《やまあい》の草原である。ちょっと先には林があり、地面を見れば花々も咲き乱れている。

「当地ヒューペルボレアは大地の恵みがきわめてゆたか。そこらの樹木に手をのばせば、美味なる果実が手に入る。食せる野草や山菜、薬草もあちこちにある。まこと旅人にやさしい土地よ。ま、亡霊の我はそもそも食べぬしな」

「あたしは食べます！　そして、できればポテトチップスとかピザが欲しいんです！」

ヒューペルボレアの大海を往《ゆ》く船旅、もうすぐ二カ月目になる。

六波羅蓮《ろくはられん》チームの最年少メンバーとして、芙実花はこの世界にやってきた。主《おも》な役目は玉依媛として亡霊・厩戸皇子をフォローすること。

しかし、皇子が出来心を起こした。

どうせならヒューペルボレアを自由に旅してみたいと。

そこで厩戸皇子、チームからの離脱を決心。たまたま知り合った神殺し・羅翠蓮《らすいれん》に頭を下げて、魔法の小型帆船を借り受けた。

念じるだけで思いどおりに進むすぐれものだが、旅の苦労はつきない。

なにしろ厩戸皇子が気まぐれなのである。

一週間前もそこそこ大きそうな島を見つけると、適当な浜辺にすぐ上陸。山がちな島の中心部をわざわざ徒歩で越えて、対岸をめざすと言い出した。

山中では、たまに家畜の群れを連れた羊飼いの一家に出会った。

そういう文化なのか、ヒューペルボレア人はおおむね旅人にやさしい。

家に招いて食事を振る舞い、泊めてくれさえする。しかし——ひどく素朴な食事ばかり。たとえば『焼いた魚に塩を振っただけ』『野菜とちょっぴりの肉を煮込んだ塩スープ』。そもそも肉自体がハレの日のごちそうらしい。

食いしん坊・グルメというほど食へのこだわり、芙実花にはなかったのだが——

この世界に来て以来、食の欲求不満が爆発寸前であった。

大好きなマンガ・アニメ・ゲームを楽しみたいという欲求もあったが、とにもかくにも最大の不満が飲食なのである。

「あたし、ジャンクフードとかお菓子にケーキ、この世界では全然見かけないお米とかサツマイモが食べたいです！　ジュースやコーヒーだって、ここにはないし！」

「世間虚仮《せけんこけ》……この世の物事は全てかりそめ、御仏《みほとけ》の教えのみが真実である。芙実花よ、その境地にいたれば、おまえも今に脂《あぶら》と煩悩《ぼんのう》にまみれた食物のことなど、きれいさっぱり忘れられるはず――」

「適当なお念仏ではぐらかさないでくださいっ！」

ふたりだけの旅をはじめて、結構経《た》つ。

ひっこみ思案の芙実花も厩戸皇子に対して、かなり『言う』ようになっていた。時間と欲求不満のおかげだろう。

生前、仏教に深く帰依《きえ》していた貴人、アルカイックスマイルを浮かべた。

「ま、芙実花の心にかなう食物があるかはわからんが、そろそろ見えてくる頃合いだ。……お、お、やはり。あちらを見よ」

「え――町!?　それも結構立派なやつ！」

しゃべりながらも、ふたりとも足を止めてはいなかった。

目の前が唐突に開けて、崖になっていた。

その先には海が広がっている。ついに島の対岸へ到達したのだ。海岸線を見下ろすと、数千人ほどが住んでいそうな『海辺の町』がある。

こんな規模でも、ヒューペルボレアの文明レベルでは相当に大きな集落なのだ。

という次第でたどり着いた異世界の町。

いつものように二、三日で旅立つものかと思いきや、芙実花の予想は外れた。厩戸皇子がいろいろいそがしくなったからだ。

「ふむ――海から怪物が来る？　よろしい。御仏の力を借り、祈伏《しやくふく》して進ぜよう」

「漁のなわばりを巡って、漁師たちが喧嘩をしている？　よろしい。我《われ》が双方の話を聞き、和解の道を探って進ぜよう」

「川が毎年氾濫《はんらん》している？　よろしい。我が治水の心得を指南《しなん》して進ぜよう」

「人手を集めよ。これより工事をはじめる。現場に出ぬ者たちは炊き出しを頼む」

「流行病《はやりやまい》？　案ずるな。我には医術の心得と薬王菩薩《やくおうぼさつ》の加護がある。病人を一箇所に集めるがよい！」

と、人々の悩みを次々と解決していったのだ。

このあたり、多少性格はおかしくとも、仏道に深く帰依した慈愛深きカリスマにふさわしい振るまいと見識であった。

あれよあれよという間に厩戸皇子、町の人々から頼られるようになった。

最初は相談役のポジション、やがて町長よろしく本人も発言するようになり、もはや実質的な指導者である。

その間、もちろん芙実花は玉依媛として皇子の近くに控えていた。

どれだけ元気な人間っぽくても、やはり亡霊。芙実花の存在がなければ、いつ不安定になるかわからないからだ。

当然、『太子さま』の身内として、丁重に扱われる。

──だから、ダメもとで〝おねがい〟してみる機会があった。

「あのう……。もしできたら、こんなの食べてみたいんですけどぉ。どうでしょう？」

ヒューペルボレアは文明未発達の地。

建物といえば竪穴《たてあな》式住居。なかは意外と快適で結構住みやすいものの、大宮殿や神殿、公衆浴場などの出現はまだまだ先のようだった。また天幕──つまりテントで暮らす人々も町には多かった。

最も進んだ移動手段は馬車。

が、それでも料理屋や食べ物の屋台はある。

そうした店のヒューペルボレア人、さらには料理の得意な町の衆を集めて、芙実花は『ポテトチップス』の概要《がいよう》を語ってみたのだが──。

あまり芳《かんば》しい反応は得られなかった。

「油っこくて、さくさくで、平べったくて、塩辛《しおから》い？」

「そんな食いもの、見たことも聞いたこともないぞ！」

「うすく切ったジャーガイモ、ってやつを熱くした油にいれる!?　どこに行きゃ取れるんだろうねえ……？」

首をかしげ、みんなで言い合うヒューペルボレア人たち。

彼らの多くは色白で背が高く、黒髪が多い。が、うすい髪色の者もいる。また少数派だが黒い肌、褐色《かっしょく》の肌の人々もたまに見かけた。

芙実花に「えっ?」と身を乗り出させたのは、肌の黒い少年だった。

「たぶんできる気がする。一〇日くらい待ってな、オレが本物のジャーガイモってやつをごちそうしてやるぜ!」

彼はまだ一一、二歳ほどで、中二の芙実花より歳下だった。

聞けば、町で評判の料理が上手《うま》い男の子だという。このとき芙実花は失礼にも、こんなふうに思った。

「ふうん。男の子の強がりってやつなのかな?」

と。しかし一〇日後、芙実花はびっくり仰天《ぎようてん》した。

「こ……これは! まごうかたなきポテトチップス!?」

芙実花と厩戸皇子が暮らす海辺の家に、例の少年がふらりとやってきて。

屋外に持参した品々をならべ、手際《てぎわ》よく調理を開始した。

うすくスライスした正体不明の芋《いも》を土器の鍋に投入し、熱した油でからりと揚げる。油を切って、塩をたっぷり振りかける。

見た目も味もポテチそのものの一品ができあがった——。

少年が持ってきた芋はまだあり、芙実花はまじまじと観察した。どう見ても男爵いもとメークインにしか思えない。

「こ、これ、どこで採《と》れたの!? ヒューペルボレアにもあったんだあ」

「アンタと話したあと、近くの森を探しまわったら、まとめて生えてんのを見つけてさ。試しに料理してみたら、いい感じになったわけよ」

けろっと料理上手のヒューペルボレア少年は言ってのけた。

芙実花はさんざん礼を言ってから、ハッとした。

「ジャガイモがあるなら、フライドポテトはいつでも食べられる！　パン粉とかあればお魚をフライにしてフィッシュアンドチップス、ハンバーガーだって——」

「パンコー？　何だい、そりゃ？」

「ええと、パンを粉状にしたものでね！　あ、パンっていうのは小麦粉から作るやつ！」

ひとしきり芙実花から話を聞いて、少年は帰っていった。

『パンってやつも何とかしてみせるぜ！』

と、頼もしく請《う》け合いながら。

少年が去ったあと、一部始終を見とどけた厩戸皇子はぼそりと言った。

「あの童《わらべ》、おそらく神の血を引く名匠《めいしょう》だな」

「ふえっ!?　さっきの子が、ですか!?」

芙実花は驚いたあとで、首をかしげた。

「めっちゃ気さくだし、本当にその辺の町なかにいる男の子って感じで……神々《こうごう》しい雰囲気とか全然ないですよ？」

「それだけ、ヒューペルボレアでは神と人の距離が近いのだ」

厩戸皇子はおごそかに決めつけた。

「ここは原初の神話世界。我《われ》が生きた神州日本よりも古い——そう、遥《はる》かに古き御代《みよ》の神話が形になった領域だ。神と人、さらには英雄英傑たちが当たり前のように肩をならべ、語らい、食事を共にする。……ひとつ未来を予告しておこう」

にやっと笑い、日出《ひい》ずる処《ところ》の皇子《みこ》は告げる。

「あの童、必ずおまえの申した『ぱん』なる食物を創りあげてみせるだろうよ」

予言から一〇日後——。

例の少年が芙実花のもとにやってきた。かまどで焼いたというナンに酷似《こくじ》したパン、さらにフォカッチャに酷似したパンを持参して。

たまたま野原を歩いていたら、自生する小麦の一群を発見したのだという。

それを粉にしたいと『町で評判の職人』に相談したら、石臼《いしうす》とおぼしき道具をわずか数日で発明し、がりがり小麦を粉状にしてくれたとか。

小麦粉の誕生に、どうやら芙実花は荷担《かたん》してしまったらしい。

もしかして、その職人さんも『神の血を引く名匠』なのかもと予感したとき。

厩戸皇子がさらりとつぶやいた。

「さて。あれらの菜、たまたま見つかったのか、それとも、見つけたいという意志に応えて誕生したのか……」

しかし、この問題ばかりにかまけている余裕、芙実花たちにはなかった。

死者の島についてのうわさが流れてきたのである。

2

その島では動く死人が徘徊《はいかい》している――。

島で死んだ人間まで動く死人になってしまう――。

芙実花《ふみか》たちの滞在する町にやってきた船乗りが声をひそめ、忌《い》み事として語った内容、あっというまに町中のうわさになっていた。

しかも問題の島、遥《はる》か彼方《かなた》にあるわけではなかった。

この海辺の町から西をめざして船出すれば、潮の流れに乗って、三日ほどで到着するらしい。これはヒューペルボレアの木製カヌー等を使った場合でだ。

「ほう……。われらの船なら、半日もあれば十分であろうな」

「ううっ。太子《たいし》さまはきっとそう言うと思った……」

厩戸皇子《うまやどのおうじ》のコメントに、芙実花は涙目になった。

神殺し・羅翠蓮《らすいれん》が手ずから造った魔法仕掛けの小型帆船、風をつかまえると現代地球のヨットよりも速いのである。モーターボート並みだった。

「まさか島に行ってみるとかは言いませんよね!?」

「言うに決まっているであろう。もちろん芙実花もいっしょだ」

「あたし、お休みします！　町の人たちがついにサトウキビを見つけてくれて、砂糖作りを試しているんですっ。この間はついに生クリームも完成したし、夢にまで見たケーキ作りがもうすぐ実現しちゃう瀬戸際《せとぎわ》なんですよ！」

実はチームが結成されていた。

例の料理少年、さらに食材探しの達人、コンセプトを伝えるだけでたいていの道具を造ってみせる工作・発明の天才などが集まり、芙実花の〝食べたいもの〟をどうにかして試作してみようという。

活動の成果はめざましく、このとき芙実花は『カレーパン』を食していた。

町の周辺を探しまわったら、各種香辛料《こうしんりょう》が発見されたのである。さくっと揚がったパン生《き》地《じ》といい、具のカレーといい、現代日本の人気パン屋並みにハイレベルだった。

そんな代物《しろもの》が家にいながら食べられる。

過酷なヒューペルボレアの旅路など今さら――な気分だったのに。

「ちょうどよい。ケーキとやらが無事に帰れたときの祝い物となる。往《い》くぞ芙実花よ、我の探究心は何人《なんぴと》にも止められぬと知れ！」

「ふえええっ⁉」

なんだかんだで破格の霊力を持つ厩戸皇子には逆らえない。

最悪、催眠の力で眠らされて、そのまま船へ押しこまれる可能性もある。芙実花は泣く泣く皇子のお供として旅立った。

そうして、もとの町から海を往くこと数時間――。

うわさの『動く死者の島』に上陸した。

「動く死体って、つまりゾンビのことですよね!?」

「おまえの時代ではそう呼ぶらしいな。玉依媛《たまよりひめ》にはなじみの者たちだろう。ほれ、黄泉比良坂《よもつひらさか》の騒ぎの折にも……」

「幽霊とゾンビは完璧《かんぺき》に別物ですっ。太子さま、わかってて言ってますよね!?」

「何を言う。どちらも亡者という点では同じではないか」

日本神話にも『ゾンビ』は登場する。

芙実花と厩戸皇子も遭遇した経験があった。黄泉醜女《よもつしこめ》に黄泉軍勢《よもついくさ》。女神イザナミに仕《つか》える亡者の群れである。

日本の関西地方がゾンビ発生の現場だった。

そして今、芙実花はあのときよりも〝それっぽい〟場所にいる。

とにかく荒涼・閑散《かんさん》とした島なのだ。

ちょうど砂浜に上陸したところ。海岸沿いに生える樹木は一本もなく、砂が堆積し、大小の岩がごろごろ転がるのみ――。

海と大地の恵みゆたかなヒューペルボレアでは、こんな景色を初めて見た。

死者が徘徊する舞台としては、絶好のロケーション。おまけにどんよりとした灰色の曇り空で、風も寒々しいときた。

「どれ。内陸の方をめざして出立《しゅったつ》するか」

と言って、厩戸皇子は右手のひらを目の前で開いた。

すると、砂浜に乗りあげさせていた魔法の小型帆船、パッと消えて、小さな『船の模型』が皇子の手のひらに現れる。

霊力を使い、船を持ち運びできるようにしたのだ。

出発の準備完了というとき、不気味なうなり声が聞こえてきた。


……うううううううううううっ！


「で、出ましたゾンビ軍団！」

「ほお。せわしないものだな。もうすこしタメを作り、観《み》る側の油断を誘ってから、不意打ちのように登場するのが作法というものだろうに」

「太子さま！　ホラー映画の感想みたいなこと、今はいいですからあっ」

岩と砂ばかりの海岸地帯なので、見晴らしがいい。

だから、内陸方面より続々と近づきつつある『動く人間の死体』――しめて二、三〇〇体はいそうなゾンビの群れをすぐに発見できた。

体の大部分が腐乱した死体あり、割ときれいな〝死にたて〟らしき死体あり。

手足のもげたもの、ぼろきれのような服を着たもの・着てないもの等、なかなかに多彩な顔ぶれだった。

こんな連中が禍々《まがまが》しい形相《ぎょうそう》で、内陸の方から接近してくる。濁った眼球やうつろな眼窩《がんか》は、厩戸皇子とのろのろとした、しかし力強い足取りであった。濁った眼球やうつろな眼窩は、厩戸皇子と

生ある芙実花を凝視《ぎょうし》していて――

次々とつかみかかり、飛びついて、ふたりの獲物《えもの》をむさぼろうとする！

しかし厩戸皇子、つまらなそうに念仏を唱えた。

「無垢《むく》清浄《しょうじょう》の光あり、慧日《えにち》諸《もろもろ》の闇《やみ》を破らん」

あとはかんたんだった。

近くまで来たゾンビたち、あっさり〝浄化〟されていく。

皇子の体を神々《こうごう》しい光が包みこんでいて、その光輝にふれたゾンビたちはきらきらした粒子になって分解されていくのだ。

しかも皆、消滅しながら安らかな表情を浮かべていた。

「成仏《じょうぶつ》させちゃったんですね。すごい！」

厩戸皇子のすぐうしろで光に守られながら、芙実花は賛嘆《さんたん》した。

「こういうところはなんだかんだですごいです、太子さま！」

「おまえもめっきり一言多くなった……」

感慨《かんがい》深げに皇子は言って、すたすた歩き出した。

離されないよう、芙実花も足早についていく。輝ける皇太子が往くところ、常にゾンビの大

群がひしめいていたが、ことごとく成仏していった。

「この先に〝気になるところ〟がある。往くぞ」

「は、はいっ」

上陸したばかりの島で地図もないのに、厩戸皇子は躊躇《ちゅうちょ》なく先へと急ぐ。何か霊感に伝わるものがあるようだ。いつもどおりの千里眼。慣れている芙実花は子細《しさい》も訊《き》かず、黙ってついていく。

わらわら寄ってくるゾンビらは、もはや自動的に消滅していく。当然、どんどん数が減っていった。気づけば、芙実花たちを襲う獰猛《どうもう》な死者たちはすっかりいなくなり、ふたりだけの旅に逆もどり。

余裕ができて、芙実花はあらためて島の景色を見わたした。あいかわらず岩と砂ばかりの荒れ野がひたすらつづく。今まで訪ねた島はどこも緑の草と木々であふれかえっていた。ひどくもの悲しい風景であった。

そして、行く手に〝あるもの〟が見えてきた。

「あ――あれ、何ですか!?」

「かつての都……であろうな。この島はおそらく数百年、もしかすると千年近くも昔に滅びた都の成れの果てなのだ」

荒涼たる大地に屹立《きつりつ》する石造りの塔。

ひとつだけでなく、なんと数十もの石塔が並び立っている。高さはまちまち。また、もっと低層の家屋——レンガ等で建てられたとおぼしきものたちがかろうじて原形を保ち、街並みらしき景観をどうにか保持していた。

「ふむ。はたして、どのような国がここにあったものやら」

「そういえば、お姉ちゃんが言ってました！　ヒューペルボレアには《アトランティス大陸》みたいな先史文明があって、その遺跡が海底に沈んでるって！」

芙実花は興奮しながら言った。

厩戸皇子と共に遺跡内を見てまわっている。

レンガを敷きつめた道路が街中に張り巡らされていて、あちこちボコボコしているものの、意外と歩きやすい。

家屋のなかをのぞけば、生活雑貨——壊れた壺や金属器なども散見できる。

そう、金属器。朽《く》ちかけ、錆《さ》びつき、たいして原形をとどめていない品々。ヒューペルボレアの一般家庭ではまず見かけない代物《しろもの》だった。この滅びた都は〝島の外〟よりすぐれた文明を誇っていたのだ。

厩戸皇子はうなずいた。

「梨於奈《りおな》はたしかにそう申していたな。『あとらんてぃす』なる国は大洪水によって大陸ごと海の底に沈んだと。なるほど。この都——そうした王国の跡地が何かの拍子《ひょうし》で浮上した、というわけか……」

誰よりも聡明《そうめい》な古代日本の貴人、興味深げにあちこち探索している。

もはや芙実花の方を振りかえりもせず、行きたいように行き、観察したいものをじっくり観察して、物思いにふけっていた。

いつものことなので、芙実花は黙ってつきしたがうのみ。

厩戸皇子には〝天才的頭脳がゆきすぎて、周囲に頓着《とんじやく》しない〟という一面がはっきりあるので、こちらが合わせるしかないのである。

しかし――今回はそうできなかった。


……お……いで。……お……い……で。


彼方《かなた》からの呼び声が芙実花の耳にとどいていた。

(あ。これ、ついていったらダメなやつ)

玉依媛の資質を持つため、幼い頃から同じ経験をしてきた。

生ある巫女《みこ》の肉体を悪用しようとする亡者たちに呼びかけられ、心がうつろになり、招かれるままに応じてしまうのだ。

夢遊病患者がふらふら出歩くように。

最近では『古都バレンシアの眠り姫』なる生き霊にやられた。

そして今、遺跡探索に夢中な皇子のそばを離れて、ひとりで歩いていく……。

やってきたのは街のはずれであった。

とある建物に入ると、なんと地下へ降りる階段があった。呼び声に誘《いざな》われるまま降りはじめると、階段はおそろしく長いものだった。

ゆっくり時間をかけて、地下深くへ到達する。

視界がいきなり開けた。

おそろしく広大な地下空間に出たのだ。

ここにも街をひとつ造れるのではというほどであった。芙実花が出た場所はその空間全体を見渡せるバルコニーになっていた。

白い大理石の手すりや欄干《らんかん》、柱がある。

そして——地下空間には数えきれないほどの『墓標』が立っていた。

石の墓標。碑文・墓碑銘の類《たぐい》は何も刻まれていない。しかし玉依媛には、死者を悼《いた》むための印だとすぐにわかった。石に宿った哀惜の念を感じとれたからだ。

というのも……ここでようやく、芙実花は我に返った。

「ふえええっ⁉　ど、どうしてこんなに霊がいるの⁉」

一定間隔で整然と並ぶ墓標、その全てに『御霊《みたま》』が憑《つ》いていた。

遥《はる》か太古に死した人々の霊であろう。昔——この都が華やかなりし頃をなつかしむ彼らの念によって、地下空間は満たされている。

おののく芙実花。だが次の瞬間、さらに恐怖で震えることになった。

地下空間はもちろん真っ暗闇なのだが、地面のあちこちがほのかに光っていて、だから墓標も見てとれる。

しかし十分な光量ではなく、奥まった方はずいぶん闇が深い。

その深奥《しんおう》から、空飛ぶ玉座《ぎょくざ》がふたつ迫ってきた。それは金細工と宝石で装飾されて、ひどく豪奢《ごうしゃ》な椅子だった。

腰かける人物二名もきらびやかなガウンをまとい、王冠を頭にいただいている。

ただし――ふたりの全身は白骨化し、明らかに死んでいたが。片方の人物、その頭蓋骨《ずがいこつ》には長い髪が生えていて、小柄で、女性の骨であるらしい。

そして。

「妃《きさき》や。われらの声、ついに生ある者までとどいたぞ」

「なかなか見どころのある娘のようですねわ、殿」

ふたりの頭蓋骨が口々にしゃべりだしたのである。

3

空中浮揚する玉座《ぎょくざ》にすわった白骨王と白骨王妃。

ふたりとも手に、短い杖《つえ》を持っていた。どちらも先端に宝玉がついており、ただ一点をのぞいてはうりふたつだ。

白骨王の宝玉は黒く、白骨王妃の宝玉は白いのである。

両名ともその杖を骨だけの手で弄《もてあそ》びながら、代わる代わる語りだす。

「くくく。われらの王国が海に沈んで、ずいぶんと経《た》つ」

「わたくしたちは生ける亡者となりながらも、ずっと国土の再興を夢見てきたの」

「溺《おぼ》れ死んだ民《たみ》の魂も呼びよせ、長きにおよぶ雌伏《しふく》の時を過ごしてきた。すこしずつ、すこしずつ、こやつらを甦《よみがえ》らせながら……」

白骨王の方が黒い杖を一振りした。

石の墓標が立ちならぶ地面より、何かがもぞもぞ這《は》い出てきた。

人間の手だ。手、腕、肩も出てきて、やがて上半身の全てが土中より出現する。体のあちこちが腐りはじめ、凶相を浮かべた死人の体であった。

ぎこちないながらもたしかに動いている。

土から出てきたゾンビ、一体だけではなかった。

次、その次と、あれよあれよという間に一〇〇体以上ものゾンビが現れ、地下空間をうろうろ徘徊《はいかい》しはじめた。

「そっか！　墓標に宿った御霊《みたま》の亡骸《なきがら》が――土に埋まってて！」

ゾンビとして新生した。芙実花《ふみか》はカラクリを理解した。

動く死体たち、全員がうつろな目で当てもなくふらふらしている。

生ある獲物《えもの》を探しているのだ。しかし、芙実花のいるバルコニーは彼らの頭上二、三〇メートルの高さにある。

たぶん見つかることはない、と安堵《あんど》したとき。

「おまえたち！　しとめるべき小娘はそれ、そこにいるわよ！」

白骨の王妃が叫び、白い宝玉付きの杖を一振りした。

すると——今まで鈍重だったゾンビたち、いきなりきびきび動きはじめた。

芙実花のいるバルコニーは地下空間の端にある。この洞穴の岩壁に張りつき、ロッククライミングよろしくよじ登りだしたのである。

それも、百体以上のゾンビがそろって一斉に！

「ふえええええっ!?」

芙実花は悲鳴をあげた。

岩壁からボロボロ落ちていくゾンビが多い。固い地面に激突し、ぐしゃりと腐肉《ふにく》や臓物《ぞうもつ》、白い骨が飛び散る。

だが、巧《たく》みかつ力強く登攀《とうはん》をつづけるゾンビは二割近くもいた。

もうすぐ芙実花のバルコニーにたどりつきそうなほど速い。速い。彼らが来たら、自分はどうなるのだろう!?

「くくくく。死の軍勢に殺された者は、そのまま軍勢の一員となる。よろこべ、死者の声を聞く娘よ。おまえも我が民の列に加われるのだ」

「おまえのような者を奴僕《ぬぼく》に迎えたいと思っていたの」

空中の玉座にすわる王と王妃、口々に言う。

「わたくしたちの秘宝《黒き死の珠《たま》》と《白き死の珠》、もっと器用にあつかえる者をしもべにしたいと。よかったですわね、殿。ついに念願がかないますわ！」

「うむ！　これで生ある者どもの大地を攻め滅ぼすこともできようぞ！」

「な——なんてこと考えてるんですかあっ！」

ゾンビ軍団にヒューペルボレアの大地を襲撃させるつもりらしい。

王・王妃の言いぐさに芙実花は怒りを覚えた。

しかし、ついに岸壁を登りきった最初のゾンビが現れ、芙実花のいるバルコニーに『さっ』と身軽に乗りこんでくる！


ぐあああああああーっ！


威嚇《いかく》のつもりか闘志の表れか、ゾンビは獰猛《どうもう》に吠《ほ》えた。

たまらず芙実花は両手を突き出して、『おねがいストップ！』の身振りをした。せめてこの手で我が身を守ろうと。

「ふえっ、お……おねがいだから、こっち来ないでーっ！」

おなかの底から振りしぼった叫び声。

もちろん、こんなもので凶暴なゾンビが止まるはずない——のに。なぜかバルコニーに乱入した亡者、ぴたりと動きを止めた。

「ど、どうして!?」

驚愕《きょうがく》する芙実花。しかし二体目、三体目のゾンビが這いのぼってきた。

今度こそ絶体絶命。涙目で訴える。

「あたし、まだまだ食べたいものもやりたいこともたくさんあるの！　どうか見逃してくださ
い、ゾンビさんたち！」

懇願《こんがん》した甲斐もなく、二体のゾンビがまっすぐ接近してくる。だが——これまたなぜか、芙
実花の横を素通りしていった。

「ふえ？」

「むむっ？」

「どうしたのでございましょうね、殿？」

ここに至って、芙実花はもちろん白骨王と王妃も異状に気づいた。

なぜ自分はゾンビたちに襲われないのか——。いつもとちがうことといえば、何か偉大な存
在とのつながりを間近に感じることくらい？

「な、何これ？」

芙実花はハッとした。

あわてるあまり気づかなかったが、例によって自分を呼ぶ声がある。

……えらばれしもの、よみよりきかんせしものよ。われらをてにとれ。

選ばれし者、黄泉《よみ》より帰還せし者よ。われらを手に取れ。

意味を理解して、芙実花は声の主《ぬし》を凝視《ぎょうし》した。白骨王の手にある《黒き死の珠》、白骨王妃の手にある《白き死の珠》を――。

「あなたたちはあたしを選んでくれたの!?」

そして直感する。あれらの秘宝にふさわしい者はたしかに自分だと。

生ける死人を創り出し、意のままに操る。まさしく玉依媛《たまよりひめ》のために存在する宝だろう。確信した瞬間、高らかに唱える。

「早馳風《はやちかぜ》の神、取り次ぎ給《たま》え――。息津鏡《おきつかがみ》、辺津鏡《へつかがみ》、八握剣《やつかのつるぎ》、生玉《いくたま》、足玉《たるたま》、死反玉《まかるかえしのたま》、道反玉《ちがえしのたま》、蛇《おろち》の比礼《ひれ》、蜂の比礼、品々物《くさぐさのもの》の比礼……十種《とくさ》の瑞宝《たから》を合わせて一二三四五六七八九十《ひとふたみよいつむななやここのたり》と布留部《ふるべ》由良由良《ゆらゆら》と布留部《ふるべ》――！」

芙実花のとっておき、玉依の言霊《ことだま》。

最近では、ここヒューペルボレアの地底に広がる冥界《めいかい》で使った。あのときより遥《はる》かに強大な呪力が芙実花の心身より放たれる。

そうだった。太陽神アポロンとの戦いで聞いたではないか。

ヒューペルボレアの神域で『冥府《めいふ》帰り』を成し遂《と》げた者は以前よりも強大になると。鳥羽《とば》芙実花も達成者のひとり。それに『お師匠《ししょう》さま』羅翠蓮《らすいれん》の薫陶《くんとう》を受け、何より気力が大事という要訣《ようけつ》を体罰すれすれの特訓でたたきこまれた。

今の自分なら——できるはず！

芙実花は両手を差し出して、力強く呼びかけた。

「白と黒の珠におねがい、あたしのところに来て！」

「ぬおっ、我が王国の至宝が!?」

「どこへ行くというの!?」

王と王妃の持つ杖から二個の宝玉がはずれて、こちらへ飛んできた。

白と黒の宝珠。白い珠は芙実花の右手に、黒い珠は左手に吸いこまれて——あとは部下たちに呼びかけるだけ。

「ゾンビさんたち、あのガイコツをやっつけて！」


強烈な呪力がほとばしるのを察知して、厩戸皇子《うまやどのおうじ》は顔をあげた。

「地の底か……そういえば、芙実花はどこだ？」

石造りの壁と向き合い、刻まれた文字を吟味《ぎんみ》していたところだった。

しかし異常事態の発生にともない、速《すみ》やかに霊力を解放する。まず芙実花の念を探る。遥か下方——どうやら、あの娘も地の底にいるらしい。

「ふむ」

つぶやくなり、厩戸皇子は飛んだ。

念の力で空間を飛び越え、行きたい場所へ一瞬にして我が身を運んだのである。

周囲を驚かせるのでめったにやらないが、厩戸皇子は《瞬間移動》さえも使いこなす。まさしく稀代《きたい》の霊力者なのだ。

そして、皇子は見た。

「……これはどういうことなんだ、芙実花？」

「あ、太子《たいし》さま。かいつまんで説明すると、悪者を退治してるんですっ！　――そうそう、みんながんばって！　もう一息で撃ち落とせるよ！」

広大な地下空洞を見おろせるバルコニー。

そこで芙実花は声援を送っていた。下界でわらわらやっているゾンビたちへ。連中はずいぶんと珍妙な『攻撃』を敢行《かんこう》中であった。

標的は、宙に浮かぶ玉座ふたつ。そこに座す白骨の亡者ふたり。

「ぬおっ!?　おまえら、王に向かってなんという真似をするのだ!?」

「まったくでございます！　不敬もいいところだわ――あ、やめて！　危ないから!?」

白骨の両名、あわてふためいていた。

地下空洞の底から、大小の石つぶてがびゅんびゅん飛んでくるのである。一〇〇体ほどいるゾンビたちが石を拾い、空中の標的へ休むことなく投げつけていた。

なかにはすごい怪力のゾンビもいた。

そういう者は岩塊《がんかい》を両手で持ちあげて、空へ『ぶん！』と投げる。結構な速さで飛んでいくので、砲弾さながらであった。

ただ狙いに正確さがないので、投石攻撃はなかなか命中しない。

すると、怪力ゾンビの一体がさらに奇抜な戦法に出た。仲間のゾンビを高々と差しあげ、空中の玉座めがけて、ぶん投げた。

これは標的にあとすこしのところでとどかず、弧を描いて落ちていく。

ぐしゃり。砲弾にされたゾンビが地面に激突し、ぐしゃぐしゃの腐肉に変わりはてる。

「要はあの亡者を討滅《とうめつ》すればよいのだな。……彼の観音《かんのん》の力を念ずれば、時に応じて消散することを得む」

厩戸皇子は無造作に経文を唱えた。

途端にしぶとく持ち堪《こた》えていた白骨王と王妃、きらめく光の粒子となって消滅。戦いはあっさり終了した。

芙実花はふぅぅと深呼吸して、元気よく礼を言ってきた。

「ありがとうございます！　あんなにあっさりかたづけちゃうなんて、やっぱり太子さまはすごいです！」

「というより、おまえが力の使い方をまちがえているのだ」

厩戸皇子は淡々と指摘した。

彼の千里眼には、芙実花の右手と左手にきわめて強大な霊力が宿ったことなど、一目で看破《かんぱ》できた。その力の性質も。

「すこし見ない間に、面白い芸を身につけたな」

4

戦い終わって、すぐに芙実花《ふみか》は報告した。

「太子《たいし》さま。この人たち、遺跡の王国が海に沈んだときに亡くなったみたいです。王様と王妃が『珠《たま》』の力で一箇所に集めたり、ゾンビにしていたそうですよ」

地下空間に現れたゾンビ、そして立ちならぶ墓標に憑《つ》いた亡霊たち。

玉依媛《たまよりひめ》として、すでに芙実花は彼らと心を通わせていた。

「こっち——黒い珠はゾンビを創り出すアイテムなんです」

自分の左手を芙実花はかざした。

この手に宿った方が《黒き死の珠》。逆の右手には《白き死の珠》。

「うむ。そして白い珠には、亡者や亡霊を意のままに操る力がある。そうであろう？」

「大正解です。それで……どうしましょう太子さま？」

保護者のすさまじい慧眼《けいがん》にもはや驚きもせず、本題に入る。

厩戸皇子《うまやどのおうじ》はさすが聖徳《せいとく》の人という答えを口にした。

「もちろん暗君の軛《くびき》より解放し、新たな輪廻《りんね》を迎えさせてやるべきだ。ま、そのあたりは我の方でなんとかしよう」

かくして、往生《おうじょう》成仏《じょうぶつ》の経文が唱えられ――

地下空間に集《つど》った亡霊とゾンビたち、一斉に清らかな光と化して消滅した。芙実花と厩戸皇子に感謝しながら。

薄暗がりだった地下空間が荘厳《そうごん》な輝きで照らされて、感動的ですらあった。

「せっかくもらった力なのに、気軽に使えないのが残念です。あの王様たちみたいに、誰かのご遺体をゾンビにしちゃうのはさすがに気の毒で……」

「それなのだがな。我にひとつ考えがある」

長い階段を登って、地上の遺跡へもどってきた。

芙実花が残念がっていたら、厩戸皇子にさらりと言われた。

「玉依媛よ。生ける亡者を『土』より生み出してみよ」

「ふえっ？」

いきなりオーダーした主はずんずん歩き出した。こちらを振りかえりもしない。仕方なく芙実花も追いかけ、遺跡のはずれまでやってきた。

大小の岩と白っぽい砂ばかりの土地が広がっている。

その茫漠《ぼうばく》たる景色を眺めながら、厩戸皇子は超然と語りだした。

「人も獣も最期《さいご》を迎え、屍《しかばね》となれば行く末は全て同じ。肉と臓物《ぞうもつ》は腐れ落ち、骨のみとなったのち、土に還《かえ》る。悠久の時をかけて、母なる大地はおびただしい数の骸《むくろ》を呑みこんできた。芙実花よ――ひとつかみの土、一粒の砂のなかにも、この地で生きた者どもの命と死を見出《みいだ》せると知れ」

「そ、それはさすがに無理がありますっ」

「以前のおまえならな。だが、いにしえの宝珠にも認められるほどになった今の鳥羽《とば》芙実花であれば、話はべつだ」

厩戸皇子に成長を誉《ほ》められるなど、初めてだった。

おかげですこしその気になり、芙実花は砂っぽい大地を見つめた。ひとつかみの土、一粒の砂に生と死の円環を見よ――

あえて両目を閉ざし、視界を『闇《やみ》』で満たした。

「幽世《かくりよ》の大神、憐《あわ》れみ給《たま》い恵み給え。幸魂奇魂《さきみたまくしみたま》、守り給い幸《さきわ》い給え……」

言霊《ことだま》を唱え、《死の宝珠》が宿った両手を大地にかざす。

死。屍。命なき骸。でも、さっきみたいに腐ってるのはいやだな。せめて『屍者《ししゃ》の帝国』くらい小ぎれいなのがいいかも……。

「ほう」

「で、できちゃった」

目を開けると、芙実花の前には七体の『屍者』がいた。

厩戸皇子も感心した面持《おもも》ちで眺めている。土から生まれた者たちは皆、青白い肌で全裸だった。たくましい青年の体つきだが、局部に性器はない。

髪はなく、みんな同じ顔立ちだった。そして、死人らしく無表情だ。

「え、えええと、お辞儀できる？　うわ、上手。ちょっと走ってみて。体操は？　えっ、バク転なんてできちゃうの!?」

芙実花の命令どおりに動く『屍者』たち。

切れのある機敏さ、さっきのゾンビたちとは大ちがいだ。

「あたしたちの時代のロボットよりすごいかも……」

「ろぼ——ああ。定められたとおりに作業をこなす金属細工であったな。たしかにこやつらであれば、よい働き手になる……」

唖然とする芙実花の隣で厩戸皇子は考えこんで、

「ひとつ試してみたいことができた」

と、つぶやいた。


それから時は流れ……一年ほど経《た》っただろうか？

まあ、芙実花の体感では『大体それくらいかも』であった。厩戸皇子いわく、神話世界で歳月を数える意味はあまりないらしい。

『そもそも地上から来た者は歳も取らぬしな』

『ふえっ!?　初耳です、それ！』

『聖なる神域においては、所詮《しょせん》おまえたちはかりそめの旅人なのだ。おまえたちの言う神話世界と地上では流れる時の速さもちがう』

皇子に教えられて以来、芙実花はこの辺をあまり気にしなくなった。

また、単純にいそがしかったためでもある。

自《みず》ら浄化した『死人の島』に、厩戸皇子は拠点《きょてん》を移した。そして、精力的に新たな大地を生み出しはじめたのである。

——ここヒューペルボレアには〝犠牲の獣〟がいる。

その獣を殺《あや》め、海に投げ込むと陸地が生まれ、島になる。

芙実花は太陽神アポロンを追う旅で、そのことを知った。神殺し・六波羅蓮《ろくはられん》の仲間として冥府《めいふ》下りを経験したときだ。

『太子さま、あれ！　あそこに流れてきたやつ！』

『よし。では、さっそく』

魔法の帆船で海に出て、漂流物を捜す。

あるいは、ほかの島に遠征して、強引に捕らえる。

犠牲の獣はたいてい立派な牛で、馬やシカのときもある。千本の足を持つイモムシ、ぶよぶよした肉塊《にくかい》のときもある。

いずれにせよ、捕縛の際には『屍者』たちに肉体労働を一任した。

新・本拠地となった死人の島まで運び、厩戸皇子が自らの手で一息に殺める。生け贄《にえ》の儀は必ず海のそばで行った。

そうすることで島の陸地を広げ、緑ゆたかな自然も誕生させる――。

だいぶ島が大きくなったところで、移住者の受け入れも開始する。まずは厩戸皇子を長《おさ》と崇《あが》めた町の住民が総出でやってきた。

芙実花のために、せっせと新メニューを作ってくれたチームのみんなもいた。

人が増えれば、食糧もたくさん必要になる。

『畑を耕せ。種を蒔《ま》け。川の水を引くため水路を作れ』

皇子の指導で集団農耕にも取りかかった。

さらに野性の獣を捕らえ、飼育する牧場運営も。

食糧確保の労働でも、芙実花の創る『屍者』たちは大活躍した。土から創造できるので、生産コストは玉依媛の疲労と呪力のみ。おかげでせっせと大量生産できた。

彼らは規定のルーティンを黙々とこなし、終業時間が来れば動きを止める。

人間のやることは、自然と『屍者』たちの管理とメンテになっていった。もしくは、芙実花のために料理を作るような、創造的行為などだ。

作物が増えると、加工する工場もできた。やはり『屍者』が労働する。

燻製肉《くんせいにく》など、すでにヒューペルボレアに存在するものだけでなく、芙実花が「食べたい！」と渇望《かつぼう》したウインナーやハム、さらにはパン、生活雑貨の大量生産もはじまった。金属の加工技術も飛躍的に発展中だった。

ヒューペルボレアには、神の血を引く名匠《マエストロ》が多い。

それこそ誇張抜きで『ご町内に数名』は必ず見つかる。

そうした達人たちにコンセプトやヒントを伝えると、彼らによってすさまじい勢いでイノベーションが進んでいく。

この世界にはないであろう作物・素材などが必要なときも――

『よ～く捜してみたら、発見できた！』

という展開が幾度となくあった。

都合よすぎる成り行きに、厩戸皇子は言ったものだ。

『犠牲の獣とは――原初の雄牛や巨人から穀物や薬草、動物たちなど、人間に都合のいいあれこれが誕生する神話に由来《ゆらい》する。となれば、あやつらから生まれた大地が〝人の求めるもの〟を次々と生み出しても不思議はあるまい』

求める人間さえいれば、それに大地が応《こた》えてくれる――。

原初の神話世界ならではのお土地柄に、芙実花はひどく感嘆《かんたん》した。そして、あらためてヒューペルボレアの大地に感謝した。

『ありがとうございます！　おかげで異世界へ遠征中なのにブルーベリーソースのかかったレアチーズケーキも食べれるし、近頃はお風呂とシャワー、シャンプーとリンスもどきまで完成しちゃって、もう文句なしです！　あ、でも、アニメと漫画がそろそろ恋しいから、そっちの才能ありそうなマエストロさんを探してみようかなーっ』

そう。芙実花の体感時間、わずか一年ほど。

しかし、厩戸皇子が王として君臨する『屍者の都』、すさまじい速度で文明化が進行してしまった。その事実が各地のヒューペルボレア人を惹《ひ》きつけ、うわさがうわさを呼んで移住者の急増につながり、さらに都は発展していく。

そして――大地への感謝と祈りを欠かさない芙実花。

ますます巫女《みこ》としての地力を高め、聖徳の貴人・厩戸皇子の側近にふさわしい霊力を得るに至っていた。

「というわけで、最近はお姉ちゃんが帰ってくるのも怖くないです！」

「ほう。芙実花もずいぶんと自信をつけたものです」

つぶやいたのは、師・羅翠蓮《らすいれん》。

海賊・白蓮党《びゃくれんとう》をひきいる長なので、白蓮王の名も持つ。

ただし、字《あざな》と称号を合わせた羅濠《らごう》教主の名で呼ばれることが多かった。

姉の鳥羽梨於奈《とばりおな》は霊鳥《八咫烏《やたがらす》》の生まれ変わり。妹の芙実花は《玉依媛》。その資質を認めて、姉妹そろって入門させてくれた。

今日は『屍者の都』を視察しに、わざわざやってきた。

身にまとう衣《ころも》はひらひらした漢服《かんぷく》。絶世の美を体現する佳人である。

しかし、彼女こそ最凶の『カンピオーネ』のひとり。最近、ヒューペルボレアで流行《はや》りだし

た——神殺しを意味する語であった。

　羅翠蓮は酷薄《こくはく》に微笑んでいた。

「どうでしょうね？　あの子のもとには我が最初の直弟子《じきでし》を送りこんでいます。鷹児の報告では、ヒューペルボレアにいた頃よりも成長きわめて著《いちじる》しいとか。今の芙実花でも勝負になるかどうか……」

「勝ち目のあるなしじゃありませんっ。もうお姉ちゃんの言いなりにはならないっていう意志が大切なんだと思います！」

「は、は、は、は。どうであろう、最近の芙実花は？」

　羅翠蓮に向けて、厩戸皇子が優雅に笑いかけた。

「よくも悪くも、とにかく意気軒昂《いきけんこう》だ。ヘタレだった頃がなつかしい」

「ちょ、太子さま！」

　近頃はめっきり自信をつけた芙実花。

　厩戸皇子にも遠慮なく口を利《き》く。まとう衣装も中学の制服から、ヒューペルボレアの名匠《めいしょう》にしつらえてもらった十二単《じゅうにひとえ》風の着物だった。

　動きやすいよう生地《きじ》を減らし、結構軽い。

　身分ある巫女がつけた天冠《てんかん》も頭にいただき、ヴィジュアルも変わった。

　対して厩戸皇子、今までどおり皇太子の衣をまとったまま訊《き》く。

「それでいかがだろう、羅濠どの？　我が都の出来映《できば》えは」

「みごとです、厩戸どの。ここまで人民の暮らしぶりを変えてみせるとは、さすが日出《ひい》ずる処《ところ》の王太子であられた御方。感服いたしました」

浮き世離れした超人同士だからか、皇子とお師匠さまは仲がよい。

今も竹林《ちくりん》で清談を交わす風流人のような体《てい》で、優雅にやりとりしている。羅翠蓮は珍しく感嘆した面持《おもも》ちで下界を見わたしていた。

ここは、高さ五〇メートルもある塔の最上階なのだ。

この高さまで石とレンガを積みあげたのは、芙実花特製の『巨大屍者』たち。身長一八メートルもある特大バージョンはじめ、もうすこし小振りなバージョンも創った。主《おも》に土木作業で活躍する。

最上階のバルコニーからは『屍者の都』が一望できる。

同じほどに高い塔がもういくつか建設中。工事現場では巨大バージョンだけでなく、普通サイズの『屍者』たちもきびきび労働している。

ヒューペルボレアでは竪穴《たてあな》式住居がもっとも普及した住まいである。

しかし、この都にはほとんどない。代わりにレンガを使った住居が立ちならび、いくつかの住宅街を形成している。

一家に欠かせないのが家庭用の『屍者』。

移住者にはご祝儀として、必ずひとりの『屍者』があたえられる。火熾《おこ》し、炊事洗濯、子守など、家事に長《た》けたものたちだ。

人手が足りなければ、追加の購入もできる。

厩戸皇子のはからいで、ほぼ無償の病院・学校も造られた。上下水道もまっさきに導入されて、水にも不自由していない。

公共の『屍者』が掃除してまわるので都はどこも清潔。悪臭《あくしゅう》とは無縁である。

大浴場もあちこちにあり、シャンプー・リンス・石けんも発明済み。

日本のアニメで描かれるファンタジー世界、『本物の中世ヨーロッパ』とちがって無闇に清潔そう、軟弱そうと揶揄《やゆ》されることもある。

芙実花たちの都はまさしく、それだった。

一見、中近世のファンタジーっぽいのに、ところどころでやけにインフラが現代レベルに発展しており、リンスの香りまで漂っている……。

本当の中世ヨーロッパなら、悪臭を香水でごまかすところだ。

その充実ぶりを目《ま》の当たりにした羅翠蓮、ふっと雄々《おお》しい微笑を浮かべた。

「世界各地の神話には、しばしば『世界に新たな文化を広める英雄』が登場します。ギリシア神話のプロメテウスは人類に火をあたえた。南洋神話の英雄マウイは星空を創り、昼の時間を長くさせ、動物たちを創り出した……」

「あ、お父さんから聞いたことあります」

鳥羽姉妹の父は歴史の研究者で、民俗学と神話にも造詣《ぞうけい》が深い。

しかも、余計なうんちくを語りたがる性格なため、その手の雑学にふれる機会が芙実花は多かったのだ。

「文化英雄っていうんですよね、たしか」

「おまえと厩戸皇子はまさに同じ行為をやってのけたのです。ふふふふ、本当にひさしぶりです。この羅濠も負けてはいられないという心境にさせられたのは」

「ふえっ!?　お師匠さまもリアル・シムシティをはじめるんですか!?」

「羅濠どのの築く都も是非見てみたいものだが——人の暮らしぶりが充実すると、必ず起こる面倒事もある。そろそろ、そちらへの対処も考えぬとな」

不意に、厩戸皇子が思案顔になった。

「ちょうど今、未来が見えた。近いうちに敵襲があるぞ」

5

「伯父上《おじうえ》が菓子をおつまみとは珍しい」

「待て待て、エドワードよ。余とて甘味を欲《ほっ》するときくらいある」

銀髪の青年に声をかけられて——

たくましい金髪の武人はにやりと笑い、酒杯をかかげた。

銀製のゴブレットである。赤い液体——葡萄酒《ぶどうしゅ》がなみなみと注いである。

ここヒューペルボレアの神域に〝転生〟してから五年あまり。この地の民《たみ》に注文を重ね、彼の嗜好《しこう》を満たす品々をいくつも造らせた。晴れた青空の下、よく手入れされた庭園にテーブルを出してのささやかな酒宴、その結実である。

いつもなら、肉汁《にくじゅう》したたる炙《あぶ》り肉をナイフで切り分け、酒肴《さかな》にする。

だが今、彼の眼前には甘い焼き菓子がならんでいた。

「酒と合わないわけでもない。遠方より運ばれた珍品とくれば尚更だ」

マドレーヌ。ビスキュイ。クイニーアマン。ガレット。

かの地ではそう呼ばれているのだとか。フランスの大貴族として生を享《う》け、南仏で広く用いられたオック語に慣れ親しんだ彼には、なじみ深い響きだった。

騎士。伯爵。公爵。そして国王——全ての称号を所有したことがある。

長くのばした金髪は獅子《しし》のたてがみにも似る。男らしい顔つきとあいまって、彼の風貌を猛々《たけだけ》しいものにしていた。

ただし、葡萄酒を口へ運ぶ手つきはきわめて優雅——。

勇猛果敢な騎士にして武将、美食・芸術をこよなく愛する大貴族。その彼と同じ血を引く青年エドワードに質問された。

「遠方とは一体どこです、伯父上？」

「黒王子《プランス・ド・ノワール》よ——貴様ならばとっくに聞いていよう。『屍者《ししゃ》の都』とやらだ」

「ああ、やはり。近頃よくうわさを耳にしますね」

銀髪の青年は品のある微笑を口元に浮かべた。

王家に生まれた貴公子である。身につけた衣服は黒ずくめ。それゆえのあだなだが、エドワード青年は言った。

「あと訂正しておきましょう。僕の異名は黒王子《ブラックプリンス》です」

「ふうむ。余としては、まったく優雅さに欠ける英国の言葉など、あえて口にする必要もないと思うのだが……」

「さらに申し上げれば、伯父上の名前もイングランド風に発音すべきでしょうね。でなくては、僕らの生きた時代よりも後世から来た地球出身者《アーシアン》が理解できない」

「なに⁉」

彼は目の色を変えた。

「余の名リシャールを使わず、リチャードと名乗れと言うのか⁉」

「まさしくそのとおり。リチャード一世――獅子心王《ライオン・ハーテイド》とも呼ばれた男よ。恨むなら僕の祖先にしてあなたの弟、ジョン欠地王《ラックランド》をお恨みなさい」

エドワード黒王子はさらりと言った。

「当時のプランタジュネ家……英国で言うプランタジネット家がフランス国内で所有した広大な領土を失ったのは、おおむね彼の不手際《ふてぎわ》ですから。おかげで我が一族がフランス貴族であった事実、知る人ぞ知る豆知識になってしまった」

伯父上と呼んでいるものの、実際は『我が曾祖父《そうそふ》の祖父の兄』という関係。彼らは二一世紀人が『中世』として知る一二～一四世紀の地球出身者《アーシアン》なのだ。

しかも王族。プランタジネット朝・英国王室の一族――。

「……ううむ！」

困惑《こんわく》した猛獣のように、彼はうなった。

彼の名前、フランス流に発音すればリシャール。英国流ではリチャードとなる。

獅子心王『Lion Hearted』の呼び名も、むしろ仏語で『Coeur de Lion』と綴《つづ》ってほしいくらいだが――

堂々と名乗りをあげたのに、『……誰？』と反応されるのは耐えがたい。

名誉、名声こそ我が命。断腸《だんちょう》の思いで、彼は獅子吼《ししく》した。

「よかろう！　今より余をリチャード獅子心王と呼ぶがよい！」

ぶっちゃけ、イングランドに愛着など皆無なのだ。

ホームグラウンドはあくまでフランスのアキテーヌ公領、アンジュー伯領。

西暦一一九九年に死ぬまで、英国には半年程度しか滞在しなかった。第三回十字軍で戦ったイエルサレム近辺の方がまだ土地勘もある。

獅子心王の咆哮《ほうこう》に、黒王子エドワードは自《みずか》ら注いだ酒杯をかかげた。

「結構です。伯父上の決断に乾杯」

「それでエドワードよ。『屍者の都』とやらをどう見る？」

「さて……これらの焼き菓子、僕らの知る菓子よりもずいぶん洗練されている。われらエニシダ《プランタジネット》の枝の王室よりも後世に生まれたものでしょう。こいつをヒューペルボレアに持ちこんだ地球出身者もいるはずです」

「ふ……略奪しがいがあるとは思わぬか？」

リチャードは切り分けたマドレーヌをつまんだ。

甘い。うわさの都、きっと同じほどに甘味な獲物《えもの》となるだろう。

……名誉、決闘、騎士道を何よりも尊ぶ。それが獅子心王の生き様。ただし中世における戦場の慣習にきわめて忠実であり、適当な土地に攻め込んで略奪し、要人を誘拐して身代金《みのしろきん》を取る。戦場での虐殺にも何ら躊躇《ちゅうちょ》を覚えない――

そういう人物でもあった。

「われらの『円卓の都』からだと、馬で一〇日程度の距離だという。船を出す必要もないのだから、好都合だ」

リチャードたちの都と『屍者の都』。

本来、異なる島にあった。しかし、双方が〝大地を広げていった〟結果、いつのまにか地続きになってしまったのだ。

「伯父上もいくさが好きでいらっしゃる」

微笑む黒王子エドワードもまた騎士にして武将。

しかも、その生涯で、ほとんど敗北を経験しなかった。将器という点では猛将の名をほしいままにした獅子心王を上まわる。

英国とフランスが直接対決した百年戦争の英雄なのだ。

救国の乙女ジャンヌ・ダルクも同戦争の〝有名人〟だが、将ではない。戦況へあたえた影響と貢献度は比較にならない。

夭折《ようせつ》したエドワード、死因はあくまで病《やまい》。戦闘ではほぼ不敗——。

この貴公子もゆえあってヒューペルボレアに〝転生〟した身。軽くうなずいた。

「まあ、兵をよく鍛えよとはテオにも命じられていること。訓練の一環と考えれば、特に問題もないでしょう」

高台に位置する『円卓の都』、ぐるりと城壁に囲まれている。

彼らが酒盛りする城は中心に位置している。同じ都市内の練兵場では、今日も騎士たちが鍛錬に精を出しているはずだ。

鋭い鋼《はがね》の鉄剣を持ち、鎖かたびらと盾《たて》で武装した騎士たちが。

馬上で使う『鞍《くら》と鐙《あぶみ》』同様、もともとヒューペルボレアには存在しなかった。

だから、彼らプランタジネット家の騎士たちがその原理を教え、この神域の名匠《めいしょう》——マエストロたちに造らせた。

「さて、かの都で活躍するという『屍者』たち、戦場ではどれほど役立つものか。確かめてみるのも悪くない」

祖先の兄とちがい、黒王子エドワードはどこまでも理知的だった。

かくして——。

厩戸皇子《うまやどのおうじ》の予言から一〇日後、本当に敵がやってきた。

長槍《ちょうそう》・大きな盾で武装した歩兵二〇〇名、そして騎士——訓練された軍馬にまたがり、鎖かたびらや馬上槍《ばじょうやり》をそなえる重装騎兵が五〇騎もいた！

「あ、あんなのがどうしてヒューペルボレアにあるの!?」

「われらと同じことを軍備でもやった結果であろうな……」

驚く芙実花《ふみか》の隣で、厩戸皇子がつぶやいていた。

ふたりとも『屍者の都』のはずれにいる。北の街はずれに建てた塔の最上階から、都の外を見おろしていた。

敵のやってくる方角は北だと、皇子が予知してくれた。

だから、そちらに部隊を配置した。今日のためにせっせと準備した——『武装屍者』五〇〇体の部隊を。

急ピッチで『屍者』を増産し、手に入った武器をありったけ持たせた。

黒曜石を鏃《やじり》にした弓矢、同じく石器の槍、木の盾、青銅製の剣や槍に鎧《よろい》かぶと、さらに虎の子の鉄剣等、ひどく雑多な装備だったが。

対して『敵』の武装は統一されている。同じ工房か名匠が造った品だろう。

しかも、歩兵・騎士ともに、よく訓練されていた。

戦列を組んで前進する敵歩兵二〇〇名、『武装屍者』五〇〇体が迎え撃つ。倍以上の戦力差なのに、優勢なのは敵の方——。

芙実花は頭をかかえた。

「数じゃうちの方が勝ってるのに⁉」

「武具の差以上に、兵としての練度だな。我が軍がせいぜい番犬程度なら、向こうはまさしく猟犬の群れだ」

厩戸皇子が感嘆《かんたん》していた。

体がすっぽり隠れるほどの大盾を持つ歩兵一〇名が横一列にならぶ。

この横列《おうれつ》が二〇も縦《たて》にならんで、一〇×二〇の方陣として整然と前進してくるのだ。

そこに『屍者』たちはわらわらと突っ込み、懸命に攻撃するものの、ほとんど盾にはじかれてしまう。

敵兵は逆に、盾に守られながら槍を突き出す。

命のない『屍者』も首を切り落とされたり、心臓に深傷《ふかで》を負えば行動不能になる。次々と青白いゾンビたちは倒れていった。

たまに『屍者』側が敵歩兵を倒すときもあった。

が、敵戦列は一〇×二〇。すぐに次の列から歩兵が前に出て、最前列を埋める。

敵軍は最前列にならべた大盾で我が身を守るほか、左隣の味方をも守る。鉄壁の陣形であった。しかも。

敵の騎兵隊が機動力を生かして、『屍者』軍の後方に回りこんだ。

挟み撃ちのはじまり。芙実花の創造物たちは馬のひづめで蹴倒され、さらに馬上から突き出される長槍でどんどん心臓をつらぬかれて——

抵抗する間もなく蹂躙《じゅうりん》されていく。

「も、もう怒った！　こうなったら切り札を使わなくちゃ！」

塔の上から、芙実花は両手を大地に向けた。

我が手に宿る《死の宝珠》の力を解きはなつ。こんなこともあろうかと、大地に封じておいた特製品を呼び出すために。

土中より湧き出てきたのは、もちろん青白い全裸の『屍者』。

ただし、身長一五メートルはあろう巨人サイズ——。

芙実花とっておきの『巨人屍者』は敵騎兵隊に走りより、巨大な足で何名かの騎士をまとめて蹴飛ばした。

「その調子でどんどんやっちゃって！」

さすがの騎士たちも、この体格差にはかなうまい。

芙実花が勢い込んだとき。雄々しい美声が戦場の喊声《かんせい》を上まわった。

「なんと巨人が登場したか！　さすが神話の領域、粋《いき》なことをしてくれる。余——リチャードの魔剣エスカリブールにとって、絶好の獲物ではないか！」

隊長とおぼしき騎士の獅子吼だった。

金髪をなびかせて馬上にいる。鎖かたびらの上には陣羽織。獅子の紋章が描かれていて、騎兵全員と同じものを着ていた。制服のようだ。

そして——騎士リチャードは馬上槍を投げ捨てた。

代わりに腰から長剣を抜く。

「往くぞ、エスカリブール！」

必殺技の名前を叫ぶように、愛剣の名を呼んだ。

同時に横薙《よこな》ぎに振るわれたリチャードの長剣から、光線が放たれた。それはレーザーのごとく虚空《こくう》を切り裂き、さらに芙実花自慢の『巨人屍者』の首も断ち切った。

ごとん！　巨大な頭部が地に墜《お》ちる。

「ふえっっ!?　何なの、あの人!?」

「剣より光を放つとは面妖な。六波羅蓮《ろくはられん》や羅濠《らごう》どのと同じ神殺し……あるいは、梨於奈《りおな》のように神の血筋に連なる者か!?」

芙実花と厩戸皇子が驚く前で、騎士リチャードは予想外の行動に出た。

せっかく軍馬にまたがっていたのに、自ら地上へ飛び降りた。そして『武装屍者』の大軍団に突っ込んで、剣を振りまわす。

そのたびに光線が乱舞し、青白い死人の肉体が切り裂かれる！

血は一切飛び散らない代わりに、うつろな目をした頭、手足が宙を舞う。一方的な斬殺にして惨殺がはじまっていた。

あっというまにリチャードのまわりから、立っている『屍者』はいなくなった。

彼の前後左右にぽっかりスペースが空いている。

「あ、あたしのゾンビくんたちが……」

「争いごとは好かぬが、そろそろ我《われ》が出しゃばる頃合いのようだな……」

込みあげてきた恐怖を抑えるため、芙実花は口元を押さえた。

また、霊力を使うつもりなのか、廐戸皇子が両手を開き、印を組もうとした。

……そんなタイミングで乱入者が現れた。

ふらふらと友人宅に上がりこむかのような軽い足取りで、魔剣エスカリブールとその使い手へ近づいていく。

リチャード同様、この青年も金髪の白人だった。

しかし、獅子のように猛々しい騎士とちがい、へらへら笑っていた。

芙実花たちと同じく地球出身者なのか。カーキ色のミリタリーコートにジーンズ、バックパックという海外旅行者のようなファッション。

ただ、戦士ではあるらしい。

彼の背負うバックパックには、鞘《さや》入《い》りの長剣がくくりつけてある。

「ど、どういうつもりなんだろ、あの人？」

「なんと——下へ降りるぞ、芙実花。急げ！」

目を丸くした玉依媛《たまよりひめ》へ、廐戸皇子は切迫した面持《おもも》ちで告げた。

6

「いやいや。旅はしてみるもんだねー」

　二〇代後半とおぼしき青年はへらへらと言った。

「ようやくたどりついたヒューペルボレア。ちょっと歩いただけでこんなに楽しそうなシーンに出くわすんだから――ほんと、ぼくってツいてる！」

「『楽しそう』と申すか、地球出身者《アーシアン》」

　リチャードは不機嫌な顔で、青年をにらみつけた。

　まさにこれからが独壇場、獅子《しし》心王《しんおう》の武勇を天下に示すときだというのに。風体《ふうてい》から地球生まれだと想像はつくが……。

「貴様、猛《たけ》り狂う獅子にのこのこ近づくとは、相当のバカ者だな」

「と～んでもない！　むしろおじさんがいい感じに盛りあがってるから、是非お相手してほしいなと思ってね。あなたと決闘する権利、ぼくにちょうだいよ」

「……ふむ」

　喧嘩っ早さでは余人に負けないリチャード。

　しかし、こうも朗《ほが》らかに決闘を挑まれたのは初めてだった。

　しげしげと相手を観察する。金髪の優男《やさおとこ》。へらへら阿呆っぽい顔つき。しかし、ここまで歩いてきた足取りと立ち姿から——かすかに危ういものも感じた。

この男の一挙手一投足《いっきょしゅいっとうそく》から目を離すべきではない。

獅子にして騎士たるリチャードの野性が血と鋼《はがね》の匂《にお》いをかぎ取っていた。

「よかろう。リチャード獅子心王との決闘、堪能《たんのう》するがいい」

「ありがとう！　……って、聞き覚えのある名前だな」

バックパックを地面に降ろし、長剣を引き抜いた青年、首をかしげた。

信念を曲げた甲斐があると、リチャードはほくそ笑む。

「ふっ。そうであろうな。余の英名におののき、その身を震わせよ」

「ごめん。どんな人か思い出せないから、それは無理。ま、思い出せないってことはたいした知名度じゃないんだろうね」

ぶちっ。自分の血管が切れる音、リチャードは聞いた気がした。

その瞬間、無意識のうちに愛剣エスカリブールで袈裟《けさ》懸《が》けに斬り込んでいた。

「その愚かさだけで死に値《あたい》するぞ、愚民よ！」

「おおっと、危ない！」

「——む!?」

ぎぃん。金属音が響いた。

リチャードの打ち込み、青年は手にした長剣で軽やかにはじいた。

戦場で幾百人もの戦士を斬り殺すことで磨いた速さ、力強さ、そして天性の獣めいたバネを存分にはたらかせた一太刀《ひとたち》であったのに。

それを——羽根ペンでも振るうような軽やかさでいなした。

リチャードは熱く心を猛らせたまま、にやりと笑い、追撃を思いとどまった。

「愚か者だが剣技は非凡か……」

「すごい。たった一合でわかってくれる人なんて、めったにいないのに」

「獅子心王を舐《な》めるな。——ふっ。つまらぬ愚民として斬り捨てるつもりであったが、気が変わった。貴様を一箇のもののふと認めてやろう」

二太刀目を繰り出す前に、リチャードは言った。

「騎士なり戦士として名乗る名があれば聞く。余はアンジュー伯にしてアキテーヌ公、ときにはイングランド王でもあった騎士、リチャードである」

「それは奇遇。ぼくも騎士の称号持っててね」

金髪の青年はあくまで春風駘蕩《しゅんぷうたいとう》としたまま名乗った。

「サルバトーレ・ドニ。『剣の王』なんて呼ぶ人もいる」

「よし。その名にふさわしい武勇を見せてみよ、サルバトーレ卿《きょう》！」

ちなみに、まわりにひしめく『屍者《ししゃ》』たちと配下の歩兵・騎兵は戦いを中断して、いきなりはじまった決闘を静観している。

戦う両名をとりかこむ人の輪、さながら闘技場であった。

うむ、とリチャードは猛烈に感動した。

死人どもはどうでもいいが、自《みずか》ら鍛え、騎士に育てあげたヒューペルボレア人たちはきちんと熱いまなざしで一騎打ちに注目していた。

それでこそ獅子心王の近衛《このえ》たち。その感動にまかせて斬りつける。

「余の魔剣エスカリブール、その切れ味を知れ！」

「おっ。つまりエクスカリバーって意味だね？　おフランス風でお洒落だね！」

己《おのれ》に迫る白刃《はくじん》を紙一重《かみひとえ》のところでかわす。かわす。

それを可能にするサルバトーレ・ドニの足さばき――百戦錬磨のリチャードですら初めて見るほどに玄妙《げんみょう》であった。

足の裏はべったり大地についているのに、すべるように歩く。

前後に、左右に、するりするりと立ち位置を動かし、リチャードが矢継ぎ早に繰り出す斬撃の数々をぎりぎりで避けていく。

あと数センチ、数ミリで剣がとどくというときもすくなくない。

まさしく紙一重の見切り。みごとすぎる武技の冴《さ》え。しかし、連続攻撃をいなされているリチャードの方が雄々《おお》しく笑い、ドニは「へえ」とつぶやいた。

一瞬のみだが、『剣の王』は鋭いまなざしを獅子心王に向けた。

「おじさん、思ってた以上に強いじゃない。やるねえ！」

「くくっ。目算が外れたようだな。どこで剣術を学んだかは知らぬが――戦場往来《おうらい》で鍛えた武芸とは、こういうものだと思い知れ！」

斬りつける。斬りつける。ひたすら速く、激烈に剣を振るう。

玄妙な剣術、細やかな駆け引きなど知ったことじゃない。そんなもの、戦場の混沌《こんとん》にあってはたいして役立たない。

まずは速さと斬撃の苛烈《かれつ》さ。それこそが実戦の剣技なのだ。

実際、サルバトーレ・ドニを見るがいい。奇抜な構え――長剣をにぎった右手、だらりと下げている。切っ先をリチャードに向けもしない。

まあ、構えなき構えというところなのだろう。

この状態から敵手の意表を衝《つ》く剣技を繰り出し、返り討ちにする。

しかしリチャードの猛攻を前にして、ただ、ただ、紙一重で避けるばかり。剣を持った獅子の連続攻撃《ラッシュ》が速く、激しすぎるからだ。

そして――

「ふははは！　いよいよ我が剣の本領を見るがいい！」

気迫たっぷりに吠《ほ》えたリチャード、大きく跳びのく。

今まで一本調子にひたすら斬りつけるばかりだったのに、いきなりリズムを変えた。このまま愛剣を横薙《よこな》ぎに振るうと、刃《やいば》より閃光が放たれる――。

必殺を期した、まさしくとどめの一刀である。

「往《い》け、エスカリブールの輝きよ！」

「……いや。おじさんの剣はもう十分見たよ。僕には通じない」

魔剣から光線があふれ出た刹那《せつな》、ドニは奇妙な表情を見せた。

いきなり力の抜けた——決闘の興奮とは真逆《まぎゃく》の、おだやかな顔つきになったのだ。その顔のまま、『剣の王』は逆袈裟に剣を振りあげていた。

ドニの刃はなんと、エスカリブールの光をみごとに捉《とら》えた。

敵を焼き切るはずだった光線、軌道を曲げて、空の彼方《かなた》へと飛んでいく。

「おお……」

リチャードは愕然《がくぜん》とした。

初めてエスカリブールの閃光を破られた、だけではない。

サルバトーレ・ドニの剣を持つ右腕、白銀の輝きを宿している。銀で造った腕をそのまま右肩に取りつけたかのように——。

白銀の腕の剣士はあらためて、へらっと笑った。

「悪いね。ぼくがこの腕で振りまわせば、どんな駄剣もエクスカリバー並みになる」

「おお……聞いたことがあるぞ」

吟遊詩人《ぎんゆうしじん》らをパトロンとして厚遇し、英雄詩と騎士物語をこよなく愛した。

それがリチャード一世。だから自《みずか》らの剣をアーサー王伝説の魔剣になぞらえる。浪漫と冒険を求めつづけた王者はドニの右腕を凝視《ぎょうし》した。

「アイルランドの地に白銀の腕の神ヌアダあり。勝利の剣を抜き放ち、あらゆる敵を打ち破るという——そうか。貴様、ヌアダを殺《あや》め、その権能《けんのう》を簒奪《さんだつ》した者だな！　まさかサルバトーレ卿、おぬしもカンピオーネであったとは！」

「おっ。その呼び方、ヒューペルボレアにも伝わってるんだ」

ドニはにやっと笑い、あらためて決闘をつづけようとした。

直後、空から矢の雨が降ってきた。


ひゅんひゅんひゅんひゅんひゅんひゅんひゅんひゅん！

たくさんの矢が空気を切り裂く音。数十名もの弓兵が一斉に放ったとおぼしき矢が弧を描いて、上空から落ちてきた。

サルバトーレ・ドニの体めがけて。

「剣で決闘の次は弓矢なんて、豪勢だね！」

すかさず権能を使い、我が身を守る。

ドニを取りまくように数百ものルーン文字が現れて、光りだす。

かつて北欧の英雄ジークフリートより奪い取った権能《鋼《はがね》の加護》。ドニの肉体を鉄壁の防御で守り、不死身に変える——。

降りそそいだ矢は軽く一〇〇本以上あった。

ルーン文字に守護されたドニはもちろん無傷。射手《いて》のいる方角へ目を向けた。

「おじさんの次はお兄さんか。大盤振る舞いって感じでほんとうれしいな」

「失礼をした、カンピオーネどの。だが、まあ、御身《おんみ》が〝本物〟ならば、死ぬこともあるまいと思ってね。あいさつの前にごちそうを振る舞った次第だ」

気障《きざ》な物言いで射手が答えた。

すこし離れたところの小高い丘の上で、黒馬にまたがっている。

リチャード獅子心王と名乗った騎士とそろいの陣羽織、鎖かたびらを身につけていた。だがマントは漆黒《しっこく》。籠手《こて》やブーツも漆黒。

黒衣の貴公子とも言えるほどに、黒が目立っている。

「僕はエドワード。黒王子《ブラックプリンス》と呼ぶ人もいる」

「へえ！　ぼくの友達にも同じあだなの人がいるよ！」

ドニが目を輝かせると、貴公子は上品に微笑んだ。

「もしや御身と同じく、カンピオーネのおひとりかな？」

「ははは、当たり」

「それはいい。いずれ面識を得たいものだ。……だが、今日のところは御身おひとりへあいさつするにとどめておこう。よろしいか、伯父上《おじうえ》？　これ以上はとてもつまみ食いの範疇《はんちゅう》に収まらない」

「ちっ。いいところで出てきおって」

リチャードはぐちぐちとつぶやいた。

「さては隠れて、見張っておったな……」

「ふふふ。やりすぎるのが伯父上の悪い癖《くせ》。ならば、テオの大望のためにも獅子に首輪をつけておこうという配慮です」

「ねえ。それよりさ」

ドニは好奇心にまかせて訊《たず》ねた。

「さっきの矢、どうやって撃ったの？　弓兵隊どころか君ひとりしかいないし、そのうえ弓も持ってない――！」

「御身の腕と体ほどではないが、僕にもこういう芸があるのでね」

突如《とつじょ》として、黒王子エドワードの背後に霊体が現れた。

それは背丈《せたけ》よりも大きな長弓《ちょうきゅう》をかまえ、矢をつがえた弓兵の霊。しかも優に五、六〇人はいて、一箇の部隊であった。

「イングランドの精兵よ、英国式弓兵術《モード・アングレ》の妙をお見せしろ！」

黒王子の号令一下、一斉射撃がはじまった。

サルバトーレ・ドニの体に幾十、幾百もの矢がひゅんひゅん降ってくる。

並の戦士なら、あっというまに串刺しにされて絶命する。無論、ルーンに守護されたドニはかすり傷ひとつ負ってないが――

「なかなか威力あるね！　ぼくを矢で抑えつけて、足止めする気？」

「まさしくそのとおり。今のうちです、伯父上」

「わかっておる！」

エドワードに言われるよりも先に、獅子心王は動いていた。

ぴゅうっと口笛を吹いて、駆けつけた愛馬にさっと飛び乗り、全力疾走をはじめていたのである。

すぐに配下の騎兵隊・歩兵隊と合流し、整然と撤退していく。

もう戦意がないのか、『屍者』たちの部隊はそれを静観。ドニはドニで呪力を高め、《鋼の加護》の強度を上げて、本気で我が身を守っていた。

山なりに落ちてくる矢の雨、一向にやむ気配がないのだ！

弓兵の霊たち、休むことなく射つづけている。

矢筒に手をつっこめば、新たな矢が忽然《こつぜん》と現れる。これなら『弾切れ』も起こらない。降りそそぐ矢の雨に辟易《へきえき》しながら、ドニは叫んだ。

「よかったら剣の方で相手してよ！」

「はははは。僕も腕に覚えはある方だが、御身相手ではとてもとても。いずれ機会があったら、伯父上かテオと対決されるといい！」

そう言いのこして、エドワードは黒き愛馬の腹を蹴った。

走り出す黒馬。弓兵たちは彼の背中を追いかけながらも、まだ射撃をやめず、ドニの頭上に矢を降らせつづけた。

ようやく矢がとどかなくなったとき、黒騎士は遥《はる》か彼方《かなた》に走り去っていた。

弓兵隊の霊たちも、主についていく形で移動中であった。

「ま、ここで深追いするのはもったいない、か……」

まだヒューペルボレアに来たばかり。

当分楽しめそうだと考えて、ドニはにたっと微笑んだ。

7

「まさか、通りすがりの旅人が新たな神殺しどのとは」

感に堪《た》えないという面持《おもも》ちで、厩戸皇子《うまやどのおうじ》はつぶやいた。

「尋常《じんじょう》でない運気を持つ人物だとは、一見してわかってはいた。それこそあの六波羅蓮《ろくはられん》、羅《ら》濠《ごう》どのと同種の気、匂《にお》いをまとっていると」

「だから急いで見に来たんですね、太子《たいし》さま！」

きらきらした瞳で芙実花《ふみか》が言う。

物見の塔を降りて、戦場となったあたりへ来ている。

損害いちじるしい『屍者《ししゃ》』たち、その生き残りは直立して待機中。銀の腕の剣士にしてカンピオーネは面白そうな顔で亡者の軍団を眺めていた。

「へえ。ヒューペルボレアではこういうのがふつうなんだ」

「いいえ！　ゾンビくんたちはうちの都だけの特産品ですっ。でも、せっかくゾンビくんや都のみんなのおかげで住みやすくなったのに、さっきの人たちが攻めてきて……」

芙実花は金髪のカンピオーネに上目遣《うわめづか》いで訴えた。

「お師匠《ししょう》さまから聞きました。神殺しの方たちって王様だったり、将軍だったりするんですよね？　よかったら、うちの防衛大臣になっていただけませんか!?」

「あ。ぼく、そういう面倒なのパス」

「ふえっ!?」

あっさり拒否されて、芙実花はとまどった。

サルバトーレ・ドニなる神殺し、陽気な笑いを絶やさず、へらへらして、ひどく気さくそうなのだ。それこそ旧知の六波羅蓮のように。

だから『蓮さん』へ頼むときと同じ気安さで声をかけたのに。

ドニは今、玉依媛《たまよりひめ》を一顧《いっこ》だにせず、街の外から『屍者の都』を見やっている。

「ふむ」

厩戸皇子は一瞬だけ、思いがけず曲者《くせもの》らしいカンピオーネの顔を人相見でもするように見つめてから、おもむろに言った。

「とりあえずサルバトーレ卿《きょう》、我が都で休んでいかれよ。そのついでに逗留《とうりゅう》中、用心棒でもしてくれ。来ればわかるが――われらの『屍者の都』はヒューペルボレアでも屈指のゆたかさを誇る国。物騒な悪漢どもが次々と攻めてくる」

そこまで告げてから、皇子はさらりとつけたした。

「無論、貴殿と同じかんぴおーねや神々などもいずれ襲来するであろうな……」

「いいね！　なんか楽しそう！」

芙実花の要請をうけたときとは一転して、ドニは前のめりになっていた。

厩戸皇子はくるりと背を向け、さっさと都の方へもどりはじめる。

「ついてこられよ。都を案内しよう」

「ははは。初めて訪ねた町で観光ガイド付きなんてツいてるな。ま、いつまでいるかはわからないけど」

「左様であるか。……ところでサルバトーレ卿」

のんきな足取りで追ってくる青年へ、厩戸皇子は何気なく言う。

「実はおぬしの同族のおひとりと約束していてな。近々、共に『犠牲の獣』を狩りにいってみようと。よければ、おぬしもどうだ？」

「何、その獣？　あと、ぼくのお仲間、やっぱりこっちに来てるんだ」

サルバトーレ・ドニはのんびりとつぶやいた。

「名前は？　もしかして草薙護堂《くさなぎごどう》？」

「さて。その人物の名は初耳だ。我と約束を交わしたのは白蓮王《びゃくれんおう》なる御仁《ごじん》でな」

「その名前、ぼくも初耳。どんな人なの？　カンピオーネが強いのはわかりきってることだから、『気むずかしい』とか『気取ってる』とか、そういうの教えてよ」

「さてさて。人のあれこれをうわさするのはあまりに品がない。卿、気になるのであれば、おぬし自身の目でたしかめるのがやはり……」

厩戸皇子、新たな神殺しと会話のキャッチボールを成立させている。

ちょっと話しただけでも、めんどくさい人間だとわかった相手にあっさりと。

太子さまの垂らした釣り鉤《ばり》に大きな魚が食いついた――芙実花はそう感じて、「ふええ」と低く感嘆《かんたん》した。

さすが豊聡耳《とよとみみ》の聖徳太子《しょうとくたいし》。人を見る目と人あしらいの上手さ、並ではない。

一方、当の厩戸皇子はちらりと芙実花に目配せして、

『余計なことを言うなよ』

と、アイコンタクトしてきた。どうやら手元に転がりこんだカンピオーネ、手練手管《てれんてくだ》を駆使して最大限にキープするつもりらしい。

ふたりの青年を眺める芙実花、ふとこんなことを思った。

（太子さまは言うまでもなく美しいけど……ドニさんも意外とハンサム）

そうなのだ。

言動のとっぴさに目をつむれば、ドニという青年は美形なのだ。

金髪ですらりとしたスタイル。容姿・雰囲気ともに耽美《たんび》をきわめた厩戸皇子ほどではないもののの、なかなかのルックスではある。むしろ可愛い系美男子の枠《わく》と思えば、これはこれで申し分ない素材であろう。

（――――あ）

心に湧きあがる発想、萌《も》えいずる感情。ひさしぶりに味わった。

美形男子がふたりもいれば当然のごとくカップリングさせ、関係性を妄想し、くんずほぐれ

つ絡《から》ませる。オレの胸の下で喘《あえ》げよ。快感で悶《もだ》え死ね。おねがい、ぼくのここを愛《いと》おしんで……。君、童貞なんだろ。おまえのアレにさわっていいのは俺だけだ。バカ、僕をこんなエロい体にしたくせにっ。男色。衆道《しゅうどう》。鶏姦《けいかん》。

ＢとＬでボーイズとラブ。鳥羽《とば》芙実花が何より愛してきたもの。

衣食足りて礼節を知ると言う。そう、りで文化をたしなむどころではなかった。

だが芙実花の衣食住、今はきわめて満ち足りている。

その充足が心の余裕を生み、さらには発想の転換を彼女にうながして――

(あたしたちの都にＢＬがないのなら、創ればいいじゃない)

むくむくと妄念が脳内にうずまく。

(二次創作の元ネタにちょうどいいふたりもいる。才能とそっちの気がある女性マエストロさんを集めて、製作委員会を立ちあげるの。あとはどっちが攻めとか受けとかシチュエーションとか、妄想のおもむくまま作品にしてもらって……)

よからぬ考えをもてあそぶ芙実花。

が、不意にハッとした。いつのまにか問題のカップルがそばに来ていた。

「な……何でしょう?」

「いやさ。あのゾンビたち、君が創ったんだって? で、そっちの厩戸さんが面白いことを思いついたみたい」

「うむ。今日は『屍者』たちの戦士としての未熟さが明らかになったが」

ならびたつ美形ふたり、口々に言った。

「武の道の達人に手ほどきを請《こ》い、『屍者』を仕込んでもらうのはどうかと考えた。たとえば白蓮王どの、あるいはサルバトーレ卿などに……」

実はこの日こそが『屍者の都』の転換点であった。

厩戸皇子の知恵と芙実花のゾンビくんがもたらす生産力。死せる剣士軍団をひきいる『銀の腕の守護者』。そして、サロンに集《つど》ったBL貴腐女《きふじょ》たちに指示し、死人の腐肉とはまた別方面の文化的腐敗と爛熟《らんじゅく》をもたらす謎の黒幕。

それら三つの柱がついに、一堂に会した瞬間だったのだ。

この日以降、『屍者の都』の武力と文化は飛躍的な発展をはじめる――。


生ける亡者の都を襲撃してから、幾日もかけて。

リチャードたちは本拠地にもどってきた。『円卓の都』。街並みは獅子心王《ししんおう》やエドワード黒王子が生きた時代のそれに似ている。

レンガで家屋を建て、鍛冶場で鉄を打ち、酒場でエール酒をあおる。

だが〝あの頃の我が領土〟より、『円卓の都』の方がさまざまに進んでいた。

石造りの大規模建築物があちこちにある。礼拝堂、公衆浴場、闘技場など。さらに大きな道路はほとんどが舗装され、馬車も走りやすい。

あの頃と同じでは芸がないと、騎士たちが知恵をしぼった成果であった。

帰還したリチャードとエドワード、目抜き通りを往《い》く。

市中心部の一本道。まっすぐ進めば王宮へ到着する。ふたりならんで、愛馬にまたがっての移動中だった。

ふたりに向かって、集まった群衆が口々に声をかける。

「騎士さま！」

「円卓の騎士さま、この子の頭を撫《な》でてあげて！」

「すてき！　こっちを向いてください！」

「われらの都と《円卓騎士団》に栄光あれ！」

熱い声援を全身に浴びて、リチャードは悦《えつ》に入《い》っていた。

「聞いたかエドワードよ？　我が都の民《たみ》、なんと可愛らしいことか！」

「伯父上《おじうえ》。王のごとく『我が都』と言うのはいかがなものでしょう。せめて『われらの都』になさってはいかがです？」

そろって馬上で揺られながら、黒王子は相方に意見した。

「この都を『我が都』と宣言できるのは、テオひとりであるべきかと。……おお、うわさをすればさっそく」

「む!?　──民よ、あれを見ろ！　われら騎士団の盟主が帰還したぞ！」

熱い魂を持つリチャード一世、とっさに民衆へ呼びかけた。

獅子の咆哮《ほうこう》は人混みの喧噪《けんそう》を制して、人々にとどく。リチャードが指ししめす方角——王宮の上空に注目が集まる。

光り輝く何かが天駆《あまか》けて、王宮の屋根に降り立つところだった。

超常の騎士が集《つど》った『円卓の都』でも、こんな真似ができる者はひとりしかいない。

「さあ諸君！　騎士団の盟主、聖王テオドリックへの忠誠を叫べ！」

「うむ！　余、獅子心王が生涯でただひとり主君と崇《あが》める者、その名は聖王テオドリック。神、を殺めし戦士である！」

エドワードが呼びかければ、すかさずリチャードも続く。

「余は心から賛美し、賛嘆しよう！　まつろわぬ軍神アーサーを弑逆《しいぎゃく》し、円卓の権能《けんのう》を簒奪《さんだつ》したテオの偉業に！」

「そうだ！　おれたちの盟主テオドリックに万歳！」

獅子の咆哮に火をつけられて、群衆は次々と叫び出す。

「盟主テオドリック！　運命の軛《くびき》を打ち砕く者！」

「盟主テオドリック！　反運命の神殺し！」

「盟主テオドリック！　円卓騎士団を束ね、勝利を掴む者！」

賞賛の叫びはなかなか収まらない。

テオドリック。テオドリック。テオドリック。その名を叫ぶ熱狂は、やがて『円卓の都』のいたるところに広がっていった。

幕間2 ——interlude 2——

◆名を捨てし歴史の管理者、多元宇宙の特異点にて記す

カンピオーネのみが人中の異能者ではない。

魔術師、霊力者など、超自然的能力を身につけた者は多い。

もちろん、そうした人間たちの力など、神より簒奪《さんだつ》した権能《けんのう》と比べることもおこがましいささやかさである。しかし、カンピオーネと同等まではいかずとも、ある程度の領域に到達する超越者も——ごく稀《まれ》に現れる。

たとえば、鳥羽梨於奈《とばりおな》。

霊鳥・八咫烏《やたがらす》の生まれ変わりにして神族の末裔《まつえい》。

人中の鳳凰《ほうおう》たる彼女の地力は、神殺したちの半分ほどであろう。

それだけでも人の身としては破格のこと。しかも、鳥羽梨於奈は『主』である六波羅蓮《ろくはられん》より力を授かることで、カンピオーネをも苦しめうるほどの強者と化す。

六波羅蓮の持つ第三の権能《翼の契約》による恩恵である。

（当件に関しては記録『黄泉平坂《よもつひらさか》事変における六波羅蓮および鳥羽梨於奈の合意と盟約、翼の女神ニケの権能』を参照されたし）

彼女は霊鳥・八咫烏にして最も若きカンピオーネの分身・顕身《けんしん》でもあるのだ。

このような人とカンピオーネの関係性、きわめて稀である。

だが唯一《ゆいいつ》ではない。たとえば聖王テオドリックと円卓の騎士たち――リチャード獅子心王《ししししんおう》や黒王子エドワードとの間にも確認できる。

（当件に関しては記録『まつろわぬ軍神アーサー殺しと聖王テオドリックの誕生、および偽《いつわ》りの王の伝説を紡《つむ》いだプランタジュネ家の罪と罰』について参照されたし）

◆ユニバース966在住、《運命執行機関》構成員による手記

混沌《こんとん》。

われらのユニバース966を席巻する災厄。

はじめはそう、単なる空間歪曲《わいきょく》現象であった。三千世界――マルチバース中に遍在《へんざい》する三千以上のユニバースに穿《うが》たれた抜け穴。決してつながるはずのなかったユニバース同士をつないでしまうイレギュラーな連結点。

この空間歪曲が――あまりに増えすぎた。

結果、抜け穴だらけとなったユニバース966は、比較的近い座標のユニバースとの衝突と連結、そして融合を進めた。

衝突したユニバースは、双方どろどろに溶けて融合をはじめるのである。

そうした融合点はやがて全ての命と物質を内包した《混沌の海》となり、世界をむしばむ災厄となる――。


ああ。

はじめ《混沌の海》は、ナプキンに飛んだソースの染《し》み程度の大きさだった。

だが、すさまじい速さで浸食を進め、わずか一二カ月の間にユニバース966の四割が《混沌》に呑みこまれた。

われわれ人類の住む地球に限って言えば、もはや惑星表面の八〇%が浸食済み。

人類に逃げ場はない。われらの世界はここで終わる。

以前も書いたが、繰りかえし記そう。

憎むべきは神話世界ヒューペルボレアに集《つど》った神殺しども。

あの連中こそが神話と宇宙の秩序をかき乱し、マルチバースに混沌を広げる元凶。

今こそ《勇者》が必要だ。

神殺しの魔王どもを全て駆逐《くちく》する者。魔王殲滅《せんめつ》の勇者。絶対運命に後押しされ、《救世《きゅうせい》の神刀・建御雷《タケミカヅチ》》を抜き放つ戦士が。

めざめよ、剣神タケミカヅチの生まれ変わり――。

第三章

運命の御子、剣を取る

1

物部雪希乃《もののべゆきの》は女子高校生である。

付け加えるならば容姿端麗、清楚可憐《せいそかれん》、成績優秀、才色兼備、明朗快活、元気溌剌《はつらつ》、義理と人情大好き、昭和のヤクザ映画は手に汗にぎって鑑賞、でも時代劇だって大好き、弱い者いじめが大きらい、ぶっとばしてでもやめさせる！

「えっ？　途中から変になってる？」

自己紹介文を推敲《すいこう》していたら、友人につっこまれたことがある。

しかし、雪希乃はぐっと拳をにぎりしめ、熱く訴えた。

「そりゃ私だって、いわゆる『ふつうの高校生』っぽくないと自覚してるわ。でもね、男くさーい昭和の俳優さんがこてこての力んだ演技と広島弁《ひろしまべん》で『往生《おうじょう》せいやあっ！』とかやってるの観《み》ると、頭のなかで脳内物質ってやつがバキバキ出てきて——」

「ううん。おかしいのは『ぶっとばす』のところだよ、雪希乃ちゃん」

おとなしくて温和なクラスメイト女子、留美《るみ》ちゃんは指摘したものだ。

だが雪希乃、間髪《かんはつ》入れずに反論した。

「おかしくないわ。『いじめ、かっこ悪い』ですもの。私、曲がったことが大きらい。義理と人情と正義と友情、人生でいちばん大切なことよ！」

「いちばんって割に四つも言ってる……」

「あ。そういえばそうね。気をつけるわ」

竹を割ったような気性で、迂闊《うかつ》・粗忽《そこつ》・快活と三拍子《さんびょうし》そろっている。

雪希乃の人となりを端的に語るなら、この一行で事足りた。

ちなみに、すばらしくモテる。好みのタイプから告白されないため、彼氏いない歴＝年齢ではあるが本当だ。自己評価のみならず、リアルに街で評判になるほどの美少女なので、むべなるかなと言うべきだろう。

「雪希乃ちゃんはきれいだもんねえ！」

そう言う留美ちゃんもかわいいと思いつつ、雪希乃は即答したものだ。

「ええ。私もそう思うわ。私ってば電車通学してたら、たぶん、いっしょに乗った人たちが忘れられないくらいの美少女じゃないかしら？　きっとスマホで隠し撮りされて、ＳＮＳで拡散されちゃうのでしょうね。憂鬱《ゆううつ》だわ……」

「雪希乃ちゃん、痴漢されたら犯人を半殺しにしそう……」

「まさか。そんな下郎、半分どころか九割殺しよ♪」

そう。物部雪希乃は驚くほどの美少女でもある。

初対面の人が対面するなり『ハッ!?』と息を呑むことも珍しくない。細面《ほそおもて》の繊細な顔立ちには凛《りん》と引きしまった気品がある。

実際、由緒《ゆいしょ》正しい旧家の生まれだ。

祖先は古代の豪族・物部氏の流れを汲《く》む武家であった。

長い髪をポニーテールにまとめて、颯爽《さっそう》と街を歩く。それだけで注目の的《まと》。しかし、雪希乃は己《おのれ》の容姿を誇る気はない。

これはあくまで血筋によるアドバンテージ。自力で得たものではない。

実は――いつでも正直者でいたい雪希乃にも秘密があった。

物部雪希乃、一六歳。なんと『神』の血脈《けつみゃく》につらなる《神裔《しんえい》》なのである。

神々の子孫に当たる人間はとびきり美しいか、とびきり個性的な容貌を持つか、たいていどちらかなのだ。


「おまえに教えることはもう何もない――」

と、剣術の師でもある父・物部幹人《みきと》に言われたのはたしか一二歳。

雪希乃が小学六年生の夏休みだった。

ただの父親兼コーチではない。茨城《いばらき》県の東端・鹿島《かしま》の地に古くより伝わる古流剣術・一之《いちの》宮神流《みやしんりゅう》の二〇代宗家である。

当時、父は四二歳。宗家を継いだのはなんと弱冠《じゃっかん》二四歳のとき。

同門で文句を言う人間は皆無だったらしい。より高齢の門弟たちも父こそが宗家にふさわしいと断言したのだとか。

雪希乃の父ほどに神がかった達人はいないという理由で。

——当然だろう。

物部家は《神裔》の血筋、それも武神タケミカヅチの末裔《まつえい》なのだ。

かの神は『剣』そのものを神格化した存在との説もある。父や雪希乃はいわば剣の申し子であった。

だが、青は藍《あお》より出《い》でて藍より青し。

剣神の血は父親よりも次代の雪希乃により強く、濃密に現れた。一二歳のときに告げられた言葉には続きがある。

「雪希乃。おまえはすでに、わたしの遥《はる》か上にいる」

竹刀《しない》で父と試合し、一太刀《ひとたち》で完勝したあとであった。

あの日から、早く二一代宗家になれと父は繰りかえし雪希乃に求めてくる。

「ま、でも、二一世紀にもなって剣術なんて、ねえ？」

誰よりも刀剣の術に長《た》けるがゆえの余裕。

雪希乃は技倆《ぎりょう》を誇るでもなく、人前で披露《ひろう》することもめったになく、かといって注意深く隠そうともせず、自然体で『剣』と向き合ってきた。

あるいは、それもまた『申し子』ゆえの資質なのかもしれない。

必死に学ばずとも、鍛えずとも、あせらずとも、物部雪希乃こそが剣そのものであり、何気ない日常の所作《しょさ》でさえ剣術の理にかなっている。

そんな雪希乃、気まぐれに〝型〟を演武するときもあった。

紺一重《こんひとえ》の道着に袴《はかま》を身につけ、黒檀《こくたん》の木刀を手に、散り際《ぎわ》の桜の下に立つ。

無数の花びらが散るなか、木刀を振るう。ゆるゆると五体を動かすさまは能——それも名人の舞う能を彷彿《ほうふつ》とさせる。

しかし、そのゆったり動く切っ先が桜色の花びらにふれれば一刀両断。

無論、木刀に刃はない。ただ刀の形を模しただけのもの。

にもかかわらず、その切っ先に寸断されて、舞い落ちる花びらの数が二倍にも三倍にも増えていく。

まさしく入神の域に達した剣術の冴《さ》え。

また、べつの日には木刀での組太刀稽古《くみだちげいこ》。振りおろした木刀で雪希乃は相手の木刀をみごとに斬ってしまう。へし折る、ではなく。

ざらりとした断面はまっすぐで、鉈《なた》を使ったかのよう。

木で木が切れるはずない——そんな道理でさえ、物部雪希乃の神技の前には引っこんでしまうのだ。

切れぬはずの得物《えもの》で切る。突けぬはずの得物で貫《つらぬ》きとおす。

凡百の剣術家であれば刃で切る。そこが雪希乃とちがう。剣術を深く体得し、その理が五体に神経細胞のごとく染《し》みついている。

だから道具が何であろうと、剣理を以《もっ》て、一刀両断の斬撃に昇華《しょうか》させる――。

試しに真剣、それも名のある銘刀《めいとう》も、みごと木刀で断ち切ってみせた。絶句する持ち主にあわてて土下座し、詫びることになったが……。

とはいえ、公言したとおり二一世紀の日本は法治国家。

ちょっと〝いじめっ子〟をこらしめる、非常時に護身する以外で役立つはずない――というわけでもなかった。

なぜなら雪希乃たち《神裔》は、運命執行の任を負うからだ。


「ねえ老師さま。どうして《歪《ゆが》み》を狩らないといけないのかしら？」

「たとえ今は小さな《歪み》でも――放置すれば、いずれ世界全体をおびやかす歪みとなり、まつろわぬ神にもなりかねないからさ。それはぼくらにとって最も重要なもの――絶対運命の秩序を狂わせる原因となる……」

夜の霞《かすみ》ヶ浦《がうら》――日本で二番目に大きな湖のほとり。

地元・茨城の誇る『内陸の海』を眺めながら、雪希乃は訊《き》いたものだ。《運命執行機関》東日本支部の指導者に。

やさしげで麗《うるわ》しい顔立ちの少年は、訳知り顔で言った。

ちょうど異形《いぎょう》の怪物を斬殺したばかりだった。見あげるほどの身の丈《たけ》で、毛むくじゃらの白いイノシシ。ただし、全身にぼこぼこと醜《みにく》い瘤《こぶ》がある。

霞ヶ浦沿岸のあちこちに出没し、人・獣を問わず、食い殺していた。

これが《歪み》。神のなりそこない、なのだという。

陸上自衛隊の戦車隊が災害出動しても逆に全滅させるほどの猛獣、雪希乃は眉ひとつ動かさずに斬殺した。しかも木刀で。

その屍《しかばね》はやがてどろどろに溶け、大地に染みこんでいった。

一部始終を見とどけた《神裔》のひとり、大伴弥八郎《おおともやはちろう》はうなずいた。

「かくして、死すべきさだめの呪われた獣は死に、運命の筋書きは守られた。ありがとう雪希乃、君の貢献に感謝する」

雪希乃の通う学園の理事長にして、叡智《えいち》の神オモイカネの末裔。

そして《運命執行機関》の東日本支部では『老師』の任に就《つ》いている。

そんな人物は学ランを着た細身の美少年でもあった。一五、六歳にしか見えない。だが、実際は齢《よわい》三〇〇を超す。

こんな見た目だから、ふざけて生徒のふりをする。

老化がいちじるしく遅いうえに異様な長命。《神裔》には珍しくもない。

二一世紀現在、日本国内には七百名ほど同族がいる。

その一員である雪希乃、首をかしげた。

「今夜はイノシシ、その前は牛さん、鳥や馬、人間みたいな《歪み》とも戦ったことがあるけど。みんな神々《こうごう》しくなかったわよ？　めちゃくちゃ凶暴で荒々しかっただけで」

「その荒御霊《あらみたま》のなかに神を見出《みいだ》せるようになれば、君も一人前なのだけど」

大伴老師は残念そうに言った。

「自然界に生まれた〝荒ぶる精霊〟たちはいずれ人間界に伝わる神話と同化して、神の域にまで達するかもしれないのさ。だが、地上に顕現《けんげん》した神は——やがて存在自体が狂いはじめ、神話とは微妙に異なる神格と成りはてる。それがまつろわぬ神。ぼくら《神裔》でさえ太刀打ちできない……」

「はいはい。そんなバケモノを生み出さないために《歪み》を狩る。そうよね？」

「まあ、マルチバース全体を見わたせば、ぼくらのような守護者のいないユニバースはかなり多い。ここ966時空は幸運なんだよ」

「そうなの？」

「ああ。運命の定めた『世界の行く末』をかき乱すほどのイレギュラーが発生したとき、それを速《すみ》やかに排除し、修正する。これすなわち運命執行。ぼくら《神裔》に課せられた——尊い責務のひとつなのさ」

雪希乃が『剣』であるように、叡智の神の《神裔》は『智』そのもの。

多元宇宙の構造と全体像すらも把握している。

一《いち》ユニバースの住民でありながら。深く瞑想《めいそう》し、心を研ぎすませば、『ほかの世界』の状況すらも霊視できるのだとか。

このあたり、剣が本領の雪希乃には理解しがたい。

智慧《ちえ》の神、魔術の神あたりを祖先に持つ《神裔》の領分であり、そうした〝神と世界を知る者たち〟はユニバース966全体で三六名ほどいた。彼らが《三十六賢人》と呼ばれるゆえんである。

賢人たちは絶えず連絡を取り合い、966時空の秩序と運命を守るのみならず、マルチバース全体の動向を探っているのだとか。

そう──。いかに神の申し子とはいえ、雪希乃の専門は剣を振るうこと。

多元宇宙・マルチバース云々《うんぬん》という壮大すぎる話など、物部雪希乃にはまったく関係ないおとぎ話、だったのに。

恐ろしい《混沌《こんとん》の海》が全てを一変させた。

「なんてことなの……」

雪希乃は絶望にうちひしがれながら、街を歩いていた。

茨城県、鹿嶋《かしま》市。古くは鹿島と呼ばれた地。雪希乃はこの地元が好きだった。地方都市だからとバカにされる謂《いわ》れはない。チェーン店だって多いしJリーグの強豪チームもある。東京行きの高速バスも一時間に何本も出ている。

雪希乃が幼い頃から通う大きな神社も、常陸国《ひたちのくに》一之宮として有名だ。

その愛する郷里から——

人間という人間が一切合切《いっさいがっさい》消えていた。

どこに行っても人がいない。繁華街や盛り場はもちろん、一軒家やマンションのなかに押し入っても、ひとりもいない。

また、あちこちで建物や土地が溶けていった。

そこにあったはずのビル、一軒家、道路、森、電柱、電線、自動車などなど。それら全てがあるべき形を失って、どろどろに融解。マーブル模様のペーストが鹿嶋の街のあちこちに現出していた。

雪希乃は知っている。これは『終末』の兆候《ちょうこう》だ。

東京もはじめ、こうだった。人間だけが最初に消えた。そこから、わずか半月《はんつき》のうちにいたるところがどろどろに溶解しはじめ、今では都内のほぼ全域——二三区も、周辺の各市も不定形の流動体と化してしまった。

ほんの数時間前まで都心部にいた雪希乃、全て我が目で見てきたことだ。

しかも、同じ現象が世界中で同時進行している。

大伴老師——誰より『智』に通じた《神裔》の見立てでは、すでに地球表面の八割がこのどろどろ、《混沌の海》に汚染されているのだとか。

そして。

人類の九九・九九九九％が消滅していると。

近くにある全てを吸収し、融合しようとする《混沌の海》、すさまじく濃密な瘴気《しょうき》をも放出中だった。それを浴びた生物はことごとく〝気化〟して新たな瘴気となり、《混沌の海》の一部になる……。

無人の鹿嶋市街を歩きながら、雪希乃は涙ぐんでいた。

仲のよかった留美《るみ》ちゃんも、ほかの級友や知り合いもみんな消えたはずだ。無事でいるのは雪希乃のように呪《のろい》への耐性が強い《神裔》くらい。

そう。地球人類の〇・〇〇〇一％に相当する神の末裔たちのみ。

（ゆ……きの。ゆき……の）

「お父さん!?」

心に届いた念は父・物部幹人のものだった。

すぐさま雪希乃は飛んだ。ちょうど駅前のバスターミナルにいたのだが、物部雪希乃の姿は一瞬にしてそこから消え失せ――

ドォンッ！

雷鳴と共に、鹿島神宮《じんぐう》に程近い武家屋敷の庭園に降り立っていた。

自分のよく知る場所なら、思い描くだけで飛べる。天下《あまくだ》る雷鳴と化して。これも剣神の裔《すえ》として雪希乃が持つ霊能であった。

母屋《おもや》ではなく、敷地内に建てた道場へひた走る。

はたして父はそこにいた。四六歳ながらメタボとは無縁の痩身《そうしん》。さわやかな美男子。厳しいときは厳しいがいつもあたたかく見守っていてくれる。雪希乃がとても自慢に思う大切なお父さん。しかし。

いつも道場では端然と正座している父、床に倒れ伏していた。

「大丈夫、お父さん!? お母さんと賢人《けんと》は!?」

「もう先に逝《い》った……。父さんもそろそろ限界だな……」

「どうして!? うちの家族、みんな神様の末裔じゃない!?」

弟はもちろん、母も《神裔》の家系だった。

聖なる血脈を絶やさないよう、同じような血脈の人間同士で婚姻し、次代に伝えていく。それも《神裔》たる者の義務とされているのである。

「もはや……われわれ程度の血では、生き残れないほどに《混沌》が広がっている。おまえのように高位の《神裔》でなければ、もう消滅をまぬがれることはできないな……」

事ここに至っても、父はきわめて平静だった。

武道家であり神の末裔でもある。それゆえの悟りと諦念《ていねん》に満ちた顔で、そばにいる愛娘《まなむすめ》へ弱々しくうなずきかける。

「たぶん……おまえが最後の希望になる。……の剣を抜け」

「お父さん！」

そう言いのこして、父の全身はどろどろに液状化する。

次の瞬間には『じゅっ』と蒸発し、気化。父を苛《さいな》んでいた混沌の瘴気と同化し、この世から消滅してしまった。

ついに雪希乃は道場でへたりこみ、しくしくと泣きだした。

まさか、世界の終わりとこんな形で直面するなんて――。いかなるときも明朗な雪希乃が絶望にうちひしがれたとき。

「そうだ、先生たち！」

大切な人たちを思い出して、雪希乃はふたたび飛んでいた。

2

霞ヶ浦《かすみがうら》は茨城《いばらき》県で最も大きな湖である。

尚、一般に『霞ヶ浦』と思われている広大な湖、正確には西浦《にしうら》という。

もっと小さな湖である北浦《きたうら》、外浪逆浦《そとなさかうら》などもひっくるめた水域全てを指した呼称が霞ヶ浦なのだ。

鹿嶋《かしま》市の西端には北浦――霞ヶ浦の一部が広がっている。

このあたりには、まだ《混沌《こんとん》の海》はたいして浸食していない。

雷鳴と化した雪希乃《ゆきの》、湖畔《こはん》に降り立った。

近くにコテージがある。湖のほとり、雑木林のなかに建てられたもの。木材のみで造られた瀟洒《しょうしゃ》な住まいには、あの人たちが住んでいる——。

ドアまでひた走り、ノックもなしに『バンッ！』と開けた。

「桃太郎《ももたろう》先生！　次郎《じろう》さん！」

「やあ。ついに来たね、雪希乃」

「兄上といっしょに、君が来るのをずっと待っていました」

ふたりとも無事だった。やさしく微笑みかけてくれている。

雪希乃は感激し、「ああ！」と涙を流しながら、玄関にへたり込んだ。

「よかった……先生たちなら、きっと無事だと信じてたけど……けどっ。この目で見るまで本当に不安で不安で——！」

「いろいろつらかっただろう。さあ、すこし休みなさい」

長髪の青年が雪希乃の肩を抱き、リビングまで連れていってくれた。

護堂《ごどう》桃太郎——。

すさまじい、と形容したくなるほど際立《きわだ》った美貌の青年だった。しかも、端整な顔立ち以上に内側からにじみ出る高貴さ、人徳が神々《こうごう》しい。彼と向き合うだけで、初対面の人間は感動に打ち震える。雪希乃もそうだった。

彫りは深く、白皙《はくせき》の肌。きれいな青い髪を背中までのばしている。

青。ナチュラルにつややかな髪で、染めている感じはなく、ひどく麗《うるわ》しい。

また、どこにでもありそうなセーターにチノパンを、彼のためにあつらえた一点物の高級品のように着こなしていて――。

よかった。桃太郎先生はいつもどおりだと、雪希乃は安堵《あんど》した。

「事情はおおむね承知しています。無理して話す必要はありません。これを飲んで、一息つきなさい」

「あ、ありがと、次郎さん」

ぐすっと涙ぐみながら、雪希乃はマグカップを受け取った。

護堂次郎――。桃太郎青年の弟が手ずからココアを淹《い》れてくれたのだ。甘さとやさしさが体と心に染《し》みこんでいく。

次郎さんもいつもどおり、お兄さんにそっくり。雪希乃はうれしくなった。

ボタンダウンシャツにスラックスというラフな格好がモデルの着る高級既製服にも見えてしまう高貴さ、美貌、にじみ出る品位。

全て兄とうりふたつ。ちがうのは褐色《かっしょく》の肌と白銀の髪だけ。

出会った直後、雪希乃は『双子の兄弟なのに人種がちがう！』と思ったが、すぐにどうでもよくなった。

細かなことを気にしない雪希乃の性格と、兄弟の魅力ゆえである。

このふたり、日本名を名乗り、おそろしく流暢《りゅうちょう》に日本語を話すが、国籍・人種がまったくはっきりしない。

だが、すさまじく高位の《神裔《しんえい》》であることはまちがいなかった。

霞ヶ浦の湖畔で静かに暮らす兄弟と出会ったのは二年前。以来、雪希乃は週に最低三度はここへ通っている――。

「兄上。状況はだいぶよろしくないようですね」

「そうだな。今は《混沌》に呑みこまれた全ての生命のために祈ろう。万にして一である存在とふたたび分かれて、一箇の命にもどれる日が来るようにと」

「…………えっ？」

悲しみと絶望を消化しきれず、しばらく呆然《ぼうぜん》としていた雪希乃。

護堂兄弟のやりとりを耳にして、会話に割り込んだ。

「消えた人たち、元にもどせるの!?」

「不可能ではない。運命の定めた筋書きどおりなら、この時空が滅びるのはまだまだ先のはずなのだから。運命修正の秘力と〝あの武器〟を入手できれば、あるいは――」

「そ、その方法教えて！　私がやるわ！」

うなだれていた雪希乃、ハッと顔を上げた。

微笑む桃太郎先生の美貌が目に入る。先生はやさしい顔でうなずいて、

「君なら、そう言うと思った。だが、まだ心が乱れているな。……僕の木刀を取ってきてくれるか、次郎」

「はい、兄上」

「こんなときだが――稽古《けいこ》をしよう、雪希乃」

どうして今？　いきなり先生に言われて、雪希乃はとまどった。

どんより曇った空の下、霞ヶ浦の湖畔で向かい合う。

雪希乃は高校のセーラー服に黒檀《こくたん》の木刀。桃太郎先生は道着と袴《はかま》に着替えて、枇杷《びわ》の木刀を手にしている。

先生。そう、二年前から彼に武芸を教わっている。

剣神の申し子、師である父から『おまえの方が遥《はる》か上――』と言われた物部《もののべ》雪希乃が護堂桃太郎の技倆《ぎりょう》を知った瞬間にひざまずいた。

『どうか、私にいろいろ教えてください！』と。

桃太郎先生はあのとき微笑んで、不思議なことを言った。

『ああ、やはり。運命の御子《みこ》はやはりここにいたか』と。

あれから二年――。

入門を快諾《かいだく》してくれた先生、ときに自《みずか》ら武技を演じて手本として示し、ときに試合形式の稽古で雪希乃の『剣』を磨いてくれた。

自分がより鋭く、無駄を削られ、重厚に鍛えられていると実感できる日々。

ただ自然体で剣術と接してきた雪希乃には、初めての体験だった。

また剣を振る以外にも拳法《けんぽう》、棒、槍《やり》、手裏剣《しゅりけん》、縄などなど、あらゆる武器の使い方を教わった。そして何より弓術《きゅうじゅつ》を――。

『弓なんて、私、初めてさわったわ。でも意外と才能あるみたい』

『そうだと思っていたよ。君と弓の出合いもまた運命なのだから……』

弟の次郎さんもよく稽古相手になってくれた。

そうやって二年の歳月を経《へ》るうちに、ふたりは雪希乃にとって、かけがえのない人たちとなったのだ。そして。

世界が終わりゆくなか、木刀を手に師と対峙《たいじ》する。

「来なさい」

桃太郎先生はいつもの構え、両手上段で木刀を振りあげた。

「断っておくが本気で打つ。いいね?」

「え――っ?」

師匠《ししょう》の上段を前にして、雪希乃はおののいた。

火の構えとも言う。防御を捨て、捨て身の攻撃に出る構え。

だが桃太郎先生の上段はそれだけではない。いわば『王者の剣』である。雄々《おお》しく堂々と、敵を上座より見おろしながら切り捨てる。

太刀《たち》さばきも体さばきも全て大河が流れるごとく。

流麗であり豪壮。どんな難敵にも臆せず接近し、烈火のように激しいながらも洗練の極致にある斬撃をいついかなるときも繰り出してみせる。

この構えと向き合うだけで、あらゆる剣士は『位負《くらいま》け』する。

雪希乃でさえそうだった。桃太郎先生を本気にさせたと実感したこと、今まで一度たりともない。それに、世界はもう終わり、家族も友人も全て失った。

今さら先生と稽古など——そう思っていたのに。

ふたたび剣を取り、軍神のごとき美剣士と向き合うことで、雪希乃の魂は自然と研ぎすまされていった。

あらゆる想いを昇華《しょうか》して、純然たる『剣』たるべし。

それが剣神の申し子、物部雪希乃が美貌の師に対抗しうる唯一《ゆいいつ》の手段——。

悟ったときにはもう体が動いていた。裂帛《れっぱく》の気合いを口より放ちながら、まっすぐ先生に向かって飛びこむ！　両手突き！

「いやあああああっ！」

最短距離を最速の踏み込みで飛び越え、先生の喉笛《のどぶえ》めがけて一直線の突きを放つ。

雪希乃は全身から稲妻を発して、『雷』そのものと化していた。

だが当然だろう。自分は剣神タケミカヅチの《神裔》。いくさと武芸の神にして《雷》の神を祖に持つのだから——。

迎え撃つ先生も気合い声を発していた。

「哈《ハ》！」

繰り出すのはもちろん上段の一太刀。

先生が振りおろした枇杷の木刀。雪希乃の突き出した黒檀《こくたん》の木刀。木製の物打ちと切っ先が激突し、『ぱあん！』と破裂音が響きわたる。

ふたりの木刀、木《こ》っ端微塵《ぱみじん》に砕け散っていた。

「今のはよかった。まさしく一の太刀。雪希乃の心もととのったようだしな」

「私……初めて桃太郎先生の上段をしのげたわ……」

「絶望の淵《ふち》で剣を取ったからこその覚醒《めざめ》です。雪希乃、今のあなたなら旅立つ資格は十分にあるでしょう」

微笑む先生。自身の成長を実感した雪希乃。声をかけてくれる次郎さん。

霞ヶ浦のほとりで三人が輪になっていたら。

すぐ近くに誰かが転移してきた。雪希乃が『飛ぶ』のと同じ要領で、空間を越える霊能だ。

赤ら顔で鼻が天狗《てんぐ》のように長い――旧知の《神裔》のひとりだった。

「召集がかかったぞ。生きのこった同志は富士の霊峰《れいほう》に集まれとのことだ」

旅と境界の神サルタヒコの末裔は、いきなり言った。

3

全世界に散った《神裔《しんえい》》たちの総数、八千名前後であるらしい。

世界人口の〇・〇〇〇一％に相当する。日本国内に定住する者は七百名ほど。そして今夜、日本に居住する全ての《神裔》に召集がかけられた。

「生き残りはこれしかいないのね……」

呆然《ぼうぜん》と雪希乃《ゆきの》はつぶやいた。

美しく、もしくは個性的な人々が一堂に会している。神々の集会をも彷彿《ほうふつ》とさせる絵面《えづら》。だが駆けつけた者は五〇名にも満たない。

会合の場所は富士山のふもと、駿河国一之宮《するがのくにいちのみや》とも呼ばれる聖域。

広い神社の境内《けいだい》に、日本在住の《神裔》でも特に高位の者たちがそろっていた。

霊獣のなかでも特に尊貴な《竜》の血を引くもの。雪希乃とも顔なじみの『老師さま』こと大伴《おおとも》老師。鬼女・茨城童子《いばらきどうじ》の末裔《まつえい》。天照大神《あまてらすおおみかみ》の末裔。嘴《くちばし》のようにふくらんだ口を持ち、鴉《からす》天狗《てんぐ》を彷彿とさせる飯綱権現《いづなごんげん》の末裔。末裔。末裔。末裔。

そうそうたる顔ぶれ。つまり、このクラスの者でなければ生存していない――。きっと世界中で同族たちが消滅している。自分の家族のように。雪希乃はすぐそばにいる桃《もも》太郎《たろう》先生へ言った。

「先生。さっきの話、そろそろ聞かせてちょうだい！」

「待ちなさい。今、その件とも関係のある話がはじまりそうだ」

「たぶん、われわれの古いなじみである〝彼ら〟のことでしょうね……」

「ああ。まったく〝彼ら〟ときたら、もはや笑ってしまえるほどに豪快な、破格の傑物《けつぶつ》ぞろいだからな……」

次郎《じろう》さんが小声で慨嘆《がいたん》し、兄の方も同意している。

美貌の兄弟が過去について語るのは初めてのこと。雪希乃は目を丸くした。その間に小柄な老婦人が発言していた。

「三十六賢人のおひとり、智の神オモイカネの末裔にうかがおう。今回の騒動はわれらの966時空のみならず、隣接する967、957時空でも発生している。三つの時空連続体がぶつかりあい、結合と融合を進めたあげく、《混沌《こんとん》の海》に呑まれつつあるのだ――」

薄緑色の和服――紋入りの色留袖《いろとめそで》を品よく着こなした老女。

本名は不明で『お館さま』と雪希乃たちは呼ぶ。

仏法《ぶっぽう》の守護者・迦楼羅天《かるらてん》の末裔であった。日本国内の《神裔》のなかでは最も血が濃いと言われる。齢《よわい》八〇〇を超すらしく、その霊能もきわめて強い。

名実ともに日本最高位の《神裔》はさらに言った。

「本来、滅びるさだめではなかった世界がいくつも滅亡に追いやられている。これだけ多元宇宙の法と秩序をかき乱す歪《ゆが》みに対して、なぜ――運命修正の力がはたらかないのです」

このとき、ちらりと。

お館さまは雪希乃と先生たちの方を見た。一瞬だけ。

桃太郎先生はかすかに会釈《えしゃく》し、雪希乃は理由がわからず、きょとんとした。

「ここ966時空の運命執行はたしかに、われら神々の裔《すえ》に託されている。しかし、事がここまで至っては、もはや〝神そのもの〟に降臨していただく必要がある。そう。この世の最後に顕《あらわ》れる戦士、魔王殲滅《せんめつ》の勇者、救世《きゅうせい》の剣を持つ軍神に！」

お館さまの声には、その存在へのあこがれと渇望《かつぼう》がこもっていた。

「この世の最後に降臨する戦士は、世界の運命をあるべき筋書きどおりに修正する。世界にあの忌《い》まわしい『獣』どもが誕生したときでさえ、残らず殲滅してみせる。われわれの966時空には今こそ戦士が必要なのです！」

「なんだかゲームに出てくる勇者のお話みたいだわ……」

こっそりと雪希乃はささやいた。

そしてお館さまに問われていた雪希乃の知人、おもむろに口を開いた。

「お答えします。たしかに《混沌の海》を浄化するため、戦士が降臨してもまったくおかしくはない状況。しかし現在、三千世界を擁《よう》するマルチバース全体で運命修正の力が機能していないのです」

智慧《ちえ》の神オモイカネの《神裔》、大伴老師さま。

学ランを着た少年姿だが三〇〇歳を超し、多元宇宙の理《ことわり》を知る《三十六賢人》のひとりである。瞑想《めいそう》によって、ほかの時空も霊視できる――。

「その元凶は3092時空、神話世界ヒューペルボレア」

大伴老師は暗い口ぶりで語っていた。

「インド・ヨーロッパ語族のきわめて古い神話――印欧《いんおう》祖語を話す人々が伝えていた神話が形になった世界、それがヒューペルボレアです。しかし、この神域に今、神殺しどもが何人も集結しております」

「あの忌まわしくも恐ろしい神殺しの獣たちが……何人も!?」

お館さまはおののき、大伴老師はうなずいた。

「はい。まつろわぬ神を殺《あや》め、その聖なる権能《けんのう》を簒奪《さんだつ》した魔王たち。われら《神裔》の遥《はる》か上を行く怪物どもです」

やりとりを聞いて、雪希乃はハッとした。

前に教わった『まつろわぬ神』。荒ぶる《歪み》を抹殺《まっさつ》するのは、まつろわぬ神の域に到達させないため。

しかし、その神をも殺める存在が多元宇宙にはいる――?

少年マンガでよくある強さのインフレめいた話に、雪希乃はくらくらした。

「今、ヒューペルボレアでは世界の在《あ》り方が大きく改変中です」

霊視によって観測したのだろう。

大伴老師は熱のこもった口調で報告を続けた。

「本来なら石器と青銅器程度の文明しかない神域に、神殺しどもが『もっと未来の知識、概念《がいねん》、技術』を伝えてしまい、おそろしい速さで文明が発展しています。神話世界の改変――それはすなわち、神話の改変を意味します」

「神話の改変……まさか」

何かを悟ったお館さまに、大伴老師はうなずきかけた。

「はい。ヒューペルボレアは最古の印欧語族神話が形になった世界。最古の神話が変われば、もっと後世の神話にも歪みが出る。この系統の影響を受けた神話といえばインド神話、ギリシア神話、ローマ神話、北欧神話、ケルト神話。直系ではないものの、ぼくらの日本神話や中国神話にだって影響をあたえている。そして——神々は神話より生まれ出《い》ずるもの」

このあたりになると、雪希乃の理解は追いつかない。

しかし、まわりの《神裔》たちはみんな深刻な顔で聞き入っている。

（さすが高位の人たち。自分のルーツである神様のことにくわしいんだわ！）

感心する雪希乃。一方、大伴老師の報告はクライマックスを迎えていた。

「世界救世の戦士——『最後の王』は多くがインド・ヨーロッパ語族の神話に登場する軍神や神王です。だが最古の神話が形を変えたことで、その存在を生み出すはずの物語もすくなからず歪んでしまい、勇者降臨のシステムが機能しなくなったのです」

報告が終わった。出席者一同はしばらく黙りこんでいた。

が、やがて次々と意見を口にしはじめる。

「しかし、だ。考えてみれば、この966時空には『申し子』がいる」

「ああ。救世の剣そのものが生まれ変わった御子《みこ》だ」

「もし……剣神の御子を『魔王殲滅の勇者』としてヒューペルボレアに送り込み、神殺しどもを討伐《とうばつ》していったら、いかがだろう？」

「霊視をしてみましょう」

問いを受けたのは智慧神の末裔、大伴老師。

すぐに両目を閉ざして瞑想。ややあってから、おごそかに語った。

「……反運命の潮流は弱まり、マルチバースの秩序も回復するでしょう」

「だが、よほどの猛者《もさ》でなくては、神殺しにはかなわない。剣神の御子が自《みずか》らの武器――救世の神刀を御《ぎょ》せるなら話はべつだが……」

「残念ながら、彼女はいまだ真の目覚めを迎えてはおりませんしね……」

などと話す人たち、みんなこちらを見ていた。

つまり、物部雪希乃を。期待と不安がないまぜになった視線で。

「わ――私のこと？」

「雪希乃。お疑いの方々へ披露《ひろう》してあげなさい。その資格がすでに君にはあると」

大いに困惑《こんわく》する愛弟子《まなでし》へ、桃太郎先生が指示した。


「先生はああ言っていたけど。本当にそんなことできるのかしら……」

霊峰《れいほう》富士からも近い地方都市・御殿場《ごてんば》市。

市街地の半分以上が《混沌の海》に浸食されており、雪希乃はそのまっただなかにいた。まだ流動状態になっていないアスファルトの道路を踏みしめている。

だが、ここもいつまで保《も》つか。というのも――

雪希乃のいるあたりに大きな影が落ちてきた。

空を見あげる。ちょうど頭上を巨大な飛行生物が通過していく。

霊鳥ガルーダ――翼長十数メートルもある。姿形は鷺《さぎ》に似ているが、真紅《しんく》の羽毛につつまれていた。その正体はお館さま。迦楼羅天の血を引く彼女は祖先ゆかりの霊鳥に化身《けしん》できる霊力者なのだ。

そして、紅《あか》い雫《しずく》が数え切れないほど空から降ってくる。

お館さまが自身の血をすこしずつ地上に散布しているのである。《混沌の海》が広がる御殿場市の大地へ。

最高位の《神裔》、ゆえに血の一滴にも絶大な霊気が宿っている。

それを浴びて、この地の《混沌》は一気に活性化した。

どろどろに液状化した流動体には、大地も建物も草木も全てが溶けこんでいる。世界を破滅させた《混沌の海》だ。

その海面がぼこぼこ沸騰《ふっとう》をはじめ、さらに拡大をはじめる。

今まで浸食をまぬがれていた場所にも《混沌の海》は溶岩流のごとく流れ込み、そこにあるものを貪欲《どんよく》に取りこんでいった。

そして、雪希乃がいたところにも『どろどろ』は流れてきて――

「きゃあああっ！」

雪希乃の全身、一瞬にして《混沌の海》へ沈んだ。

どろどろした灰色の流動体のなかで、平衡《へいこう》感覚が失われた。どちらが上かもわからず、ぐるぐる目が回る。体が回転しているのだろうか？

あるいは、雪希乃の精神が正気を失いかけている兆候《ちょうこう》なのか？

吐き気と酩酊《めいてい》感にさいなまれながら、大伴老師から教えられたことを思い出す。

『君は剣神タケミカヅチの末裔――というだけではない。ごくごく稀《まれ》にね、《神裔》のなかから誕生するのさ。祖神《おやがみ》と同じ魂魄《こんぱく》を受け継ぐ生まれ変わりが……』

『もう血が濃いどころの話じゃないよ。魂そのものが神に等しいのだからね』

『物部雪希乃、君はまさしくタケミカヅチの転生体だ』

『この秘密、実は高位の《神裔》のほとんど全員が承知している話でね。君はぼくらの間では有名だったんだよ。神州日本に現れた剣神の生まれ変わり。しかも、その神にはここ966時空の運命を左右する役割があると――』

言葉の数々を思い浮かべる雪希乃。

しかし、意識が薄れつつあった。《混沌の海》との同化がはじまっていた。瘴気《しょうき》だけならともかく、さすがに海中へ沈むともう耐えきれない……。

「とか考えてる場合じゃないわ！」

朦朧《もうろう》としながらも雪希乃は自分自身に活《かつ》を入れた。

そうだ。聞いたばかりではないか。この世の最後に顕《あらわ》れる救世主は、その世界の軍神・神王などのいずれかに振られる役割だとも。

そして、ここ966時空では――

「我が祖タケミカヅチがそう！　武の神にして世界を救う剣そのものでもある！　だからおね

がい、私のなかに眠る……救世の神刀《建御雷《タケミカヅチ》》！　出てきて、私を助けて！」

桃太郎先生にも言われた。今の雪希乃なら、きっと抜ける。

救世の神刀、その手に取りなさい。あの武器があって、はじめて勇者は運命修正の力に支援されるようになると。

雪希乃はさっき先生と対決した要領で、心を研ぎすませた。


——あらゆる想いを昇華《しょうか》して、純然たる『剣』たるべし。


次の刹那《せつな》、はたして『剣の柄《つか》』が左手から出てきた。

すぐさまつかむ。抜く。左手の手のひらより、美々しい刀身がせり出てくる。白金色に輝く直刀《ちょくとう》だった。どれほど長い剣なのだろう？

一〇センチ、二〇センチ、すこしずつ刃《やいば》を引き抜いていく。

しかし、ついに五〇センチほど抜けたところで、雪希乃は愕然《がくぜん》とした。

「え——っ!?」

これ以上は抜けない。どんなに力を入れても刀身はびくとも動かない。

まだ雪希乃の力が完全ではないのか。ここが限界らしい。こんなありさまでは、剣として振るえない！

絶望しかけて、雪希乃は開きなおった。

「全部抜けなくたって、今の私ならいけるはずだわ！」

そう。桃太郎先生と次郎さんが認めた物部《もののべ》雪希乃なら――。

その場の勢いと頼もしい兄弟への信頼が闘争心に火をつけてくれた。雪希乃は裂帛《れっぱく》の気合いを口から発した。

「いやあああああああ――っ！」

抜きかけの刀身から、いくつもの稲妻がほとばしり出る。

それは前後左右上下へランダムに飛んでいき、周囲に広がる《混沌の海》を灼《や》き、打ちのめし、押しかえしていった。

稲妻による光と熱と衝撃がほとばしる。ほとばしる。ほとばしる！

無限とも思えるほどに雷撃放出がつづいたあと。

雪希乃を中心とした半径四、五キロほどの円内から、引き潮のように《混沌の海》は引いてしまっていた。

もはや、雪希乃のまわりには何も存在しない。

アスファルトの道路も建物も全て消滅し、むき出しの地面だけが広がっていた。

「私……やれたみたい」

抜きかけた救世の神刀、すでに左手のなかにもどっている。

遅ればせながら疲労を実感し、雪希乃はその場にへたりこんでしまった。

4

救世《きゅうせい》の剣を抜けると証明した雪希乃《ゆきの》。

ふたたび富士の裾野《すその》、《神裔《しんえい》》たちが集《つど》う大社へもどってきた。だが、もう話し合うためではない。送り出してもらうためだ。

また出発前に、いろいろ教えてもらうこともあった。

「……以上が『神殺しの獣』と呼ばれる者たちの特徴だ」

大伴《おおとも》老師から倒すべき敵のあらましを聞いて、雪希乃は嘆息《たんそく》した。

「私たちでもかなわない〝まつろわぬ神〟を倒して、ただの人間――《神裔》でさえない人間が神の権能《けんのう》を簒奪《さんだつ》する……。なんてデタラメな話なの！」

「誕生した神殺しを世界の守護者と崇《あが》め奉《たてまつ》るユニバースもたしかに存在する」

痛ましげに大伴老師は語った。

「まつろわぬ神に対抗できる唯一《ゆいいつ》の超人、魔王だからと。だが、それは大きなあやまちだと言わざるを得ない。神殺しどもはね、必ず暴走をはじめるんだ。神を倒すためなら周囲の被害などかえりみず、同族の神殺し同士でいがみ合うし殺し合う。彼らの存在こそがやがて世界を崩壊させるようになってしまうのさ」

「ガン細胞を殺すための薬が患者の体をむしばむ話みたい……」

「もっとひどいよ。ガン治療のワクチンなんて比較にならないほどに、神殺しどもは猛《たけ》り狂う怪物どもだから。人の身でありながら分《ぶん》をわきまえず、神に抗《あらが》う――その原点からして、彼らの度しがたい愚かさを表している」

「そして私の役割は――」

うんざりした顔の指導者に、雪希乃はうなずきかけた。

「ヒューペルボレアにいる神殺しを全滅させること。そうなのね！」

「頼むよ。本当なら、君を助けるためにわれわれ全員で同行したいところなんだが。マルチバース間を移動できる《天鳥船《あめのとりふね》》はひとりしか運べない。途方もなく過酷な道のりになるだろう」

「それでも、私にしかできないことなんでしょう？」

「ああ。救世の神刀に運命修正の力が宿るようになれば、ぼくらの966時空や周辺の時空を汚染した《混沌《こんとん》の海》と、呑みこまれた生命を分離できる見込みは十分にある。世界を再生するため、その可能性に賭けてみたい」

「救世の神刀って、さっきの剣よね。でも」

雪希乃は訊《たず》ねた。

「運命修正の力、というのがよくわからないわ」

「君が今まで成してきた〝運命執行〟を思い出すといい。世界に現れた《歪《ゆが》み》をそのたびに滅ぼし、災厄の芽を摘《つ》みとる行為だ。しかし」

大伴老師、麗《うるわ》しい少年の姿でおごそかに告げる。

「救世の剣を取る戦士には、遥《はる》かに困難な使命があたえられる。まず『世界を滅びより救済すること』。そして『魔王殲滅《せんめつ》』。それは、この世に現れた神殺しの魔王を全て打ち倒すという試練の旅を意味する――」

「私たちの《歪み》退治どころの話じゃないわけね……」

息を呑む雪希乃。大伴老師はうなずく。

「ああ。だから魔王殲滅の勇者は〝大いなる力〟に援助される。それが運命修正の力。敵とする魔王の人数が多いほど勇者の力も爆発的に高まり、歴史を改変しかねない蛮行さえも〝なかったこと〟にするというような――」

「そんな力が私を助けてくれるの⁉　すごいわ！」

雪希乃はよろこんだ。が、老師さまはさびしげに笑《うま》う。

「しかしね。当のヒューペルボレアで運命修正が上手く機能するかは今ひとつ不明だ。いいかい雪希乃、あちらについたら《反運命の神殺し》を探しなさい」

初めて聞く言葉。反――運命。

きょとんとした雪希乃に、大伴老師はつづけた。

「運命神を殺《あや》め、その権能を簒奪した神殺しがいるらしいのさ。彼の存在ゆえに、ヒューペルボレアの天地には反運命の気運が強く充ち満《みみ》ちている。それは運命修正の秘力さえも歪ませるほどの脅威《きょうい》なのだよ」

美少年の見た目を悪用して、ふざけて学生のふりもする大伴老師。

しかし今、ひどくまじめな顔で雪希乃に頭を下げた。

「雪希乃。君こそが救世の剣を取る者、この世の最後に顕《あらわ》れる戦士。どうか、ぼくたちの世界を救ってほしい。心からおねがいする」

「まかせて、とは断言できないけど。全力を尽くすわ！」

意気に感じて、雪希乃は即答した。

ここでしり込みするようでは女がすたるというものだ。そんな愛弟子《まなでし》の前に、桃太郎《ももたろう》先生と次郎《じろう》さんが来た。

「雪希乃。君にこれを渡しておこう」

と言って、桃太郎先生は手をのばしてきた。

人差し指と中指で雪希乃の額《ひたい》を押さえ、おごそかにつぶやく。

「……運命の御子《みこ》よ。我が秘蔵の武具のいくつかを汝《なんじ》に譲渡する。汝がこれらの力を欲《ほっ》するときは、我が真名《まな》『ラーマ』を唱えよ」

「え——っ？」

雪希乃はびっくりした。

自分の体にいくつもの強大な力が宿ったと実感したのだ。

イメージが湧きあがってくる。槍《やり》、斧《おの》、棒、縄、馬に引かれる戦車《チャリオット》、たくさんの投げる武器、たくさんの矢、そして黒き鋼《はがね》の強弓《ごうきゅう》——。

呆然《ぼうぜん》とする雪希乃へ、桃太郎先生はにこりと笑った。

「僕も昔、旅立ちのときにいくつかの餞別《せんべつ》を授かった。その一部だよ」

「霊験《れいげん》あらたかな奇跡の弓と矢、早く使えるようになりなさい」

次郎さんもやさしく声をかけてくれる。

ずっと訊《き》きたいと思いながら、あまりに訳あり風なので口に出さなかった問いを、ついに雪希乃は言葉にした。

「桃太郎先生と次郎さんって、一体どういう人なんですか？」

「昔話だけどね。僕も昔——魔王殲滅の勇者、鋼《はがね》の軍神などと呼ばれていた」

「軍神……神様っ!?」

衝撃的すぎる告白に、雪希乃は目をみはった。

双子の兄弟は涼しい顔で微笑んでいる。白皙《はくせき》の兄と褐色《かっしょく》の弟。たしかに神と言われれば納得するしかない美貌と神々《こうごう》しさである。

「まつろわぬ者とならないために、ずいぶんと力を封じてもらったのでね。さて、今でも神と呼ばれるべきかはわからないな」

「ふふふふ。今は兄弟そろって隠居の身です」

「この土地に居ついたのは、ひどく惹《ひ》かれるものを感じたからだ。そうしたら君との出会いが待っていた。運命の導きと僕らの縁《えにし》、切ってもなかなか完全には切れないらしい」

「はー……」

最後の最後に途方もない話を聞いて、呆然としてから。

いよいよ旅立ちのときだった。

大伴老師が光の玉を雪希乃に渡してくれた。すると全身が白い大量の光につつまれて、宙に浮きあがる。

雪希乃を取りこんだ光はそのまま、黄昏時《たそがれどき》の空を天翔《あまか》けていく。

この輝く飛翔体こそ《天鳥船》なのだ。

夕陽はほとんど沈んでいて、わずかに明るさを残しただけの蒼黒《あおぐろ》い空。まさに世界の終焉《しゅうえん》を象徴するような色だった。

不吉な空の下、《天鳥船》はある場所の《混沌の海》に飛びこんでいく。

全てがどろどろに流動する領域。ここを突き抜けた先に神話世界ヒューペルボレアはあるという。行き方は船の方が承知しているらしい。

白い光につつみこまれた雪希乃、そっとつぶやいた。

「私はこのまましばらく運ばれるだけ……あら？」

今、何かとすれちがったように見えた。

葉巻型の飛行物体とでも言うべき何か――潜水艦、方舟《はこぶね》にも似ていた。今のは一体、何だったのだろう？

だが、細かなことを気にしないのが物部《もののべ》雪希乃。

すぐに忘れて、まだ見ぬヒューペルボレアでの冒険を思い、武者震いした。

一瞬だけ、運命の御子と交差した方舟。

その船内にはいずれ御子と対決すべき存在、《反運命の神殺し》がいたのだが。もちろん雪希乃は知る由《よし》もない——。

幕間3 ——interlude 3——

◆混沌《こんとん》の海を往《い》く方舟《はこぶね》のなかで、草薙護堂《くさなぎごどう》は仮眠する

神話世界ヒューペルボレア。

かの神域に初めて到達してから、体感時間で一年半というところか。

ひさしぶりにその『外』へ出た草薙護堂、《混沌の海》と呼ばれる魔の領域を特注の方舟で進んでいた。

船内はそこそこ広く、ふたつの船室がある。

あと、乗員が集まってくつろぐためのキャビンも。

護堂はそこでうたた寝していた。

行き先はすでに指定済み。ただ船が進むにまかせるだけの航海。あまりに静かなので「なんか退屈だな」とつぶやいて。

護堂はちょっと眠ろうかと横になったのだ。

ヒューペルボレアでは毎日のように波乱と冒険に巻きこまれていた。

ある意味、〝全ての生命が溶けこんだ流動する混沌のどろどろ〟の方が平和であり、だからか、途方もなく危険な領域にいるというのに、むしろ護堂は安らぎを覚え、心からくつろいで居眠り中だった。

ただし、起こりすぎるほどに起きたゴタゴタの記憶が夢となって出てきたが……

――

――

『草薙さん、わたくしをまた封印してください！　それができないというなら――せめてあなたの手で！』

ついに再会を果たしたアイーシャ夫人。

いつも朗《ほが》らか・傍迷惑《はためいわく》な彼女。しかし、自《みず》からの存在ゆえに多元宇宙の崩壊がはじまったと知って。

泣きながら、護堂に懇願《こんがん》してきた。

――

――

ヒューペルボレア到着直後に出会った火の鳥の少女。

霊鳥・八咫烏《やたがらす》の生まれ変わりだという鳥羽梨於奈《とばりおな》。孤高のカンピオーネ・羅翠蓮《らすいれん》を訪ねてみたら、あの娘と再会した。

かつても今も魔教教主の称号で呼ばれる女傑《じょけつ》。

武芸と方術《ほうじゅつ》のどちらも極め、護堂と義姉弟《ぎきょうだい》の契《ちぎ》りを交わした彼女は、ヒューペルボレアで海賊団の首領となっていた。

あのとき、護堂は鳥羽梨於奈に言ったものだ。

「すごいな君！　姐《ねえ》さんの直弟子《じきでし》だったのか！　まさか鷹化《ようか》以外のやつを弟子に取るなんてなあ。とんでもない逸材《いつざい》ってことだぞ、それ」

「つ、積もる話はあとでいいですかっ。今は逃げるが勝ち――きゃあああっ!?」

「おい君!?　梨於奈って言ったか――うわ。ひどいな、こりゃ」

「ふふふふ……梨於奈よ。おまえが成長著《いちじる》しいことは朗報なれど、まだまだ高みをめざせるはずです。わたくしの呪詛《じゅそ》を自力で打ち破ってみせなさい」

「いや姐さん。修行だからって、これはいくら何でもやりすぎだ」


――――

――――

――――


「いよう後輩。おまえとはよく会うな」

ひさしぶりに六波羅蓮《ろくはられん》と遭遇して、護堂はにやりと笑った。

今までは共闘もしくは不干渉《ふかんしょう》という形で向き合ってきた相手だが、今回はどうなるか。何しろ護堂のうしろには多元宇宙で最も傍迷惑な魔女がいる……。

「あ。六波羅さんと草薙さん、もうお知り合いでしたか」

「うん。それでね、今日は草薙先輩よりもアイーシャさんの方に用があって、訪ねてきた感じなんだ」

へらっと笑ってから、六波羅蓮は軽いノリで言った。

「いや、厩戸《うまやど》の太子《たいし》さまに頼まれたんだけど。今いろんな世界で起きているゴタゴタを収拾《しゅうしゅう》するために、アイーシャさんの身柄を拘束してくれないかって。いろいろ人体実験して、『空間歪曲《わいきょく》の拡大』を封じるつもりらしいよ」

「あ、あの、『拘束』と『人体実験』という言葉がいやんなのですけど！」

「あー。太子さま、『本人の了承なしにやらねばならぬこともあるやもしれぬ』だって。だから力ずくでもいいから連行してくれって依頼なんだよね。代金にあそこのゾンビくんを一〇〇〇体、僕らの街にくれるって言うし」

「そんな、蓮さん！　わたくしたち友達じゃありませんか⁉」

「でも、厩戸の太子さまも同じくらいにお友達だしねえ……」

「悪いな後輩。アイーシャさんには俺の用事につきあってもらう予定なんだ。おまえらの実験は後まわしだ」

「ってことは、いよいよ先輩と直接対決かあ——」

口を挟んだ護堂に、六波羅蓮はくすりと小悪魔っぽく微笑んだ。

――――――


聖王テオドリック。まつろわぬアーサー殺しのカンピオーネ。

善と正義と反運命を標榜《ひょうぼう》する神殺しと初めて出会ったあと、護堂はあきれ半分、感心半分でつぶやいてしまった。

「また変わり者のお仲間が出てきたな、おい」


「………父上。父上。剣の準備ができたぞ」

「――ん。わかった、今起きる……」

ここ一年半の出来事が一部、順不同で夢に出てきた。

いろいろあったもんだとあくびをしながら、むくりと身を起こす。

方舟のキャビンである。起こしてくれたのは護堂と同年代に見える美女。赤銅《しゃくどう》色の髪を長くのばしている。

けだるげな瞳が蠱惑《こわく》的で、高位の魔女らしく紅《あか》いローブに身をつつむ。

そして、彼女は〝あるもの〟を両手で捧《ささ》げ持っていた。刃渡り三〇センチほどの小振りな剣である。

ただ短くとも両刃の刀身はぶあつく、重厚。

また刀身にはいくつも聖印とおぼしき紋章が刻んであった。

「ついに復元が完了した。あとは使い手の問題だ。よろしいか、父上?」

「おお。俺だって一応、運命神から『反運命の権能《けんのう》』をぶんどっている。そいつを頼りに、どうにかしてこいつ――救世《きゅうせい》の神刀と《盟約《めいやく》の大法《だいほう》》を使えるようにならないとな。でないとヒューペルボレアでも、いつかの魔王内戦の繰りかえしだ……」

今、かの神域は神殺しと地球出身者《アーシアン》が相打つコロシアムと化している。

いわば英雄大戦。その混戦に絶対的なパワーで終止符を打つべく、そして多元宇宙の崩壊と向き合うべく、護堂は〝あの剣〟を入手した。

とあるユニバースに隠されていた《救世の神刀》の一振りを――。

第四章

運命の御子、享楽の都にてチャラ男と出会う

1

天翔《あまか》ける光《天鳥船《あめのとりふね》》が紺碧《こんぺき》の空を往《い》く——。

その輝きにつつみこまれた物部雪希乃《もののべゆきの》、高速で運ばれながら、天空の高みより大海原を見おろしていた。

「海ばっかりの世界……。ヒューペルボレアって殺風景なところなのね」

雪希乃が見おろす青みの深い海に、陸地はすくない。

小さな島々、たまに大きな島があちこちに散っているものの、大陸と呼べるほどのものは一向に見かけない。

たまに船——小さなカヌーや筏《いかだ》が海を渡っていた。

しかし、大型・中型の船は一切なく、この世界の文明レベルがうかがえる。

「石器とか使っているはずだって、老師さまも言ってたっけ」

どこに着陸すべきか。雪希乃は迷っていた。

小さな村という程度の集落を擁《よう》する島もあった。だが、殲滅《せんめつ》すべき魔王たちの情報が手に入るようには思えない。

もっと大きな街や城はないものか？　そう考えた矢先。

「まあ！　今までいちばん大きな島だわ！」

ギザギザしたリアス式海岸を見おろしながら、雪希乃と《天鳥船》は陸地の上空へと進入していく。

今まではすぐに横断できる島ばかりだった。

だが、今回は行けども行けどもまだ陸地。雪希乃は念を送って、天翔ける光の船を急上昇させた。

「鉤爪《かぎづめ》みたいな形の島が三つも集まっている……」

そう。鉤爪状にカーブを描いた陸地が三つも見下ろせる。

面積としては、四国くらいはありそうだった。ふたたび高度を落とす。海岸線沿いに飛んでみて、特筆すべきことに雪希乃は気づいた。

「城壁のある街や港、大きな船、工場みたいな建物！」

群島——『三つの鉤爪島』の海辺には、大きな街がいくつもあった。

城壁にかこまれ、鉄を鍛える槌音《つちおと》や炉の煙につつまれた街。

肌の青白い、無表情な巨人が何体もいて、土木工事に励んでいる街。

険しい山のなかにそびえ立つ城もあった。その周辺をなんと、十数匹もの竜（！）が飛びまわっていた。

どれももう街を通りこして、『都』と呼べるスケールの集落。

また、群島の近海を大型のガレー船が直進していく。

草原地帯を横断する騎馬の戦士たちと、彼らに付きしたがう狼の群れも見た。

そして今度は、立派な港を擁する都。貿易がさかんなのか、大小の船が百隻以上も停泊している――。

「老師さまはおっしゃった。神殺したちは原始時代だったヒューペルボレアの文明を魔改造して、ものすごく発展させてるって……」

この群島に、神殺しの魔王たちが集《つど》っている。

そう確信した雪希乃、港街の端っこに降下していった。《天鳥船》は着陸した時点で消滅すると聞いていた。

船の多い都なら、どの方角へ向かうにしても移動しやすいはず。

しかし、まずはこの港街を作った神殺しの魔王を捜して、一戦挑んでみなければ――

「直接ぶつかってみないと、敵の強さがどれくらいかもわからないしね！」

雪希乃たち《神裔《しんえい》》をも凌駕《りょうが》するという猛者《もさ》ぞろい。

それが神殺しの獣ども。だが、剣神の申し子にして運命の御子《みこ》は生まれついての楽天家であり、チャレンジャーでもあった。

かくして物部雪希乃、高校のセーラー服姿で大地に降り立ったのである。

「道路が舗装されてる……。その方が馬車とかも通行しやすいわよね……」

シーサイドを歩きながら、雪希乃はつぶやいた。

レンガを敷きつめた舗装路が海沿いに設けられ、人々や馬、ロバ、羊に牛などの家畜が通行している。馬車も行き交う。

一軒一軒、特徴のちがう家々も軒を連ねていた。

それらはほとんど商店で、軒先でさまざまな品物を売っていた。

日用雑貨、武器、金属製品、飲食品など。クレープのように焼いた生地《きじ》で肉・野菜をはさんで餡《あん》を垂らしたもの。肉や魚の串焼き。団子《だんご》入りのスープ等々。

通行人も多く、思い思いに売り買いしたり、買い食いしたりと活気がある。

街路樹のヤシの木も立ちならび、どこか小洒落《こじゃれ》た街並みだった。

「自動車とかはなくて、剣とか弓を持った人もよく歩いている……。なんだかファンタジーの世界にまぎれこんだみたいだわ」

雪希乃はひとりごちた。

白い肌で背の高い人種が多い。が、黒人や褐色《かっしょく》の肌の人々も珍しくない。

日本などより、よほど多様性のある環境だろう。

からっと晴れた空の青さも相まって、雪希乃は前に訪ねたロサンゼルス、海辺の大都市を思い出した。

あれほどの規模ではないが、街に漂う陽性の雰囲気が似ている。

実際、路上でスケボー、砂浜ではサーフィンに興じている若者たちもいて——

「……スケートボードにサーフィン？　ちょっとちょっと!?」

雪希乃は我が目を疑った。

しゃーっと車輪の音も軽快に、目の前を通りすぎていった少年。まごうかたなきスケートボードに乗っていた。

褐色の肌の若者、派手にペイントしたサーフボードで巧《たく》みに波乗りしている。

少女たちは色あざやかな反物《たんもの》を体に巻きつけ、浜辺のオープンカフェでお茶している。ガラス製のグラスは薄茶色の液体と黒い粒々でいっぱいだった。

「あ……あれってやっぱりタピオカミルクティー……」

よくよく見れば、カクテルとおぼしきカラフルな飲み物があちこちで飲まれている。

この通りだけでも多くの店と看板がならび、品書きが店頭にならべられ、街の活気を醸《かも》し出していた。

にぎやかなのはいい。だが、世界観としてはいかがなものだろう？

「ファンタジー世界なのに、めちゃくちゃ異質すぎるじゃない！」

ロード・オブ・ザ・リング。ゲーム・オブ・スローンズ。

その手の映像作品に、ヤクザものほどの愛着を雪希乃は持たない。

しかし、あまりに適当かつ大雑把《おおざっぱ》すぎるちゃんぽんにあきれて、この都をもっとチェックしてやるわと義憤に駆られた。

「こうなったら——八十《やそ》の言霊《ことだま》よ、我を幸《さきわ》い給《たま》え！」

すぐさま多言語対応の祝詞《のりと》を唱える。

街にあふれる文字、道行く人々の発する言葉、それらの意味を雪希乃はたちまち理解できるようになった。見知らぬ異郷で用いられる言語を即時に身につける。《神裔》であれば誰しもが使える霊力であった。

次の瞬間、雪希乃は絶句した。

『担保《たんぽ》不要！　すぐにお金貸します！』

『女の子募集中。高給保証。お酌《しゃく》と給仕が主《おも》な仕事です』

『賭博場、この上』

目に飛びこんできた文字をちょっと読むだけでこれ。

新宿《しんじゅく》か渋谷《しぶや》にでも来たかのようだ。また、耳に飛びこんでくる声ときたら。

「こちら、『享楽《きょうらく》の都』へ来たら一度は入りたい温泉スパ！　今ならマッサージ割引券をおつけするよ！　ほら寄ってきなよ、お姉ちゃん！」

「だめだめ、お客さん！　これ以上の値切りはごめんだよ！」

「スリだ！　畜生、俺の財布、どこにもねえぞ！」

「まもなく第一試合！　『享楽の都』一の拳闘士を決めるトーナメントのはじまりだ！　さあ

さあ、誰が優勝するか賭けた賭けた！」

お金。ギャンブル。娯楽。グルメ。酒。

食欲。色欲。熱狂。喧噪《けんそう》。罪。浮かれ騒ぎ、憂《う》さを晴らす。

そういった〝もの〟をむき出しにした人間たちの集まり。ここは繁華街であり歓楽街。よくも悪くもエネルギーに充ち満ちた場所。

その名もずばり『享楽の都』。雪希乃は呆然《ぼうぜん》とつぶやいた。

「こんな街を作る魔王さまって、どんなやつよ……」

あきれていたときだった。

今度は聞き捨てならない声を雪希乃は聞きつけた。

「……ちっ。俺たちの賭場《とば》でイカサマたあ、ふてえ野郎だ」

「おら。これで終わりじゃねえぞ。誰か、剣を持ってこいよ」

「バカなやつだ。イカサマ野郎の腕は見せしめにちょん切って、賭場の天井から吊るすのがうちのやり方なんだぜ。よし、押さえつけろ」

「わ――悪かった！　出来心だったんだ！　腕だけは勘弁してくれよおっ!?」

十数名の男たちが『イカサマ男』を取り囲んでいる。

特にたくましい二人組が問題の男を路上に押さえつけ、さらにもうひとりが手を動かせないようにがっちりつかんで――

今、大きな曲刀《きよくとう》を持った荒くれ者がその輪に加わろうとしていた。

ちなみに『イカサマ男』、顔がぼこぼこに腫《は》れている。よほど殴《なぐ》られたのだろう。きっと顔から下も痣《あざ》だらけのはずだ。

商店の人々、通りすがりの人々は見て見ぬ振り。

だが、すぐさま雪希乃は歩み寄っていった。ごく自然な足取り。いじめ、かっこ悪い。おもむろに口を出す。

「あなたたち。たしかにイカサマはいけないことだけど、それくらいで罰は十分だわ。もう放免してあげなさい」

「ハッ！　女が口出しすることじゃねえ、引っこんで――ぐあああっ⁉」

荒くれ男どものひとりが突きとばそうとしてきたので、その不作法な腕の手首を雪希乃は無造作な手刀で払いのけた。

打撃としてはごく軽い。しかし、荒くれ男は絶叫する。

「ぐあああっ⁉　手が切れた！　俺の手が切れた！」

みっともなく叫びながら倒れこみ、地面をのたうち回る。

手刀で打たれた手首から先、しっかりくっついている。雪希乃が本気を出せば、も、もちろん切断できたが、それは容赦《ようしゃ》してあげた。

だが『切られた！』という確信が荒くれ男を襲い、錯乱させていた。

一方、残りの荒くれ男どもに雪希乃は無造作に近づいていって――

「ぶはっ」「べしっ」「くはっ」「だはっ」

「な、何なんだよ、おまえっ。その棒きれはどこから出したんだ——べふっ」

男どものみぞおちや首筋を木刀で打ち、気絶させる。

黒檀《こくたん》の木刀、雪希乃の手に忽然《こつぜん》と現れていた。

それを指さした男も一打で昏倒《こんとう》。バカなことを訊《き》く。剣神の申し子にとって『愛剣を呼ぶ』など児戯《じぎ》にも等しい。

びぃん！　最後のひとりが持つ曲刀、木の剣で天高くに跳ねあげる。

もういいだろう。雪希乃は倒れた『イカサマ男』を一顧《いっこ》だにせず、その場を離れながら短く告げた。

「じゃ。今のうちに逃げなさい」

「す、すまない、地球出身者《アーシアン》の女の子！」

最後に妙な呼ばれ方をされた。

街の人々が雪希乃を見つめるまなざし、まるで芸能人かプロアスリートを凝視《ぎょうし》するように熱いものに変わっていた。


さっそく義侠心を示した雪希乃。

しかし、侠気《おとこぎ》だけではおなかを満たせない。ぐううっと腹の虫が鳴いたことで、自分の空腹感を再確認した。

「食べ物はたくさんあるのに、この街で使えるお金がないなんて……」

老師さまから聞いた『ヒューペルボレアには、まだ貨幣経済はない』情報。

とっくに過去のものになっていたとは。雪希乃はぶつぶつと愚痴《ぐち》った。

ちょうど青空市場のなかだった。

あちこちから持ちよられたとおぼしき食料品——色とりどりの野菜各種。いろいろな種類の鳥が絞められ、一羽まるごとで吊り下げられている。生きたままのニワトリや豚、羊などもいた。たくさんの卵も美味《おい》しそうだ。

ほかにチーズのような乳製品。生ハムのような肉の加工品。

そして——雪希乃はカゴのなかに積みかさなった桃色の果実を凝視していた。

「桃に似てるわね……て言うか、桃そのものね」

師匠《ししょう》の名にも使われた果実、実は大好物だった。

しかも目の前の桃、現代日本の農家が育てたブランド桃にも負けないほど大きく、きれいな果実で、すごく甘そう——

雪希乃は思わず、店先にいるおばさんに訊いた。

「あの、お店の方……。つかぬことをお訊きしますが、こちらのお店では出世払いとか、ツケなんて支払い方法に対応していただけるのでしょうか!?」

「だめだめ。いくら地球出身者《アーシアン》でも、金なしじゃ話にならないよ」

ヒューペルボレア人の太ったおばさん、にべもなく言う。

一刀両断されて、雪希乃はその場をとぼとぼと離れていった。ぐうぅぅ。またしても腹の虫がむなしく鳴いた。

「ううっ。すごくみじめな気分だわ」

愚痴をこぼす口にも覇気がない。

それにしても、またも同じ呼び方をされてしまった。

「……地球出身者《アーシアン》って、どういう意味なのかしら？」

「地球、『アースから来た人たち《Earth》』だよ。君とか僕みたいな地球の格好、ヒューペルボレアの服とはずいぶんちがうからね。一目でわかるんだ」

若い男に声をかけられた。

使う言葉こそヒューペルボレア語だが、ストリート系のファッション。

パーカの上に黒いジャケットを羽織り、ジャージの下を合わせている。足下はスニーカーだった。

渋谷の街が似合いそうな彼は東洋人の顔つきで、髪を明るく染めていた。

なかなかのイケメン。人なつっこそうな笑顔がチャラい。

ずいぶん軽薄そうでもある。しかし、こんな見た目だけに、セーラー服を着た雪希乃とならんでも違和感は皆無だった。

「ということは……あなたも地球から来たの？」

「うん。僕は六波羅蓮《ろくはられん》。東京出身。君も日本からでしょ？」

六波羅青年はにっこりと笑いかけてきた。

「そういう人、結構いるんだよねえ。またひとり増えたのか」

「地球人ということは——あなた、まさか神殺し⁉」

突然の遭遇に驚いていた雪希乃だが、不意に気づいた。

そう。ここヒューペルボレアでは神殺しの獣どもが狼藉《ろうぜき》を尽くし、多元宇宙を崩壊させる元凶となっている。

この地で出会う地球人ならば、神殺しである可能性は高い——

「いやあ？　僕、カンピオーネじゃないよ」

しかし六波羅蓮、首をかしげてから、あっさり答えた。

「ええと、リオナはなんて言ってたかな？　そうだ。『最近はいろいな時空連続体の地球からヒューペルボレアに来訪する者が増えた。地球出身者《アーシアン》はその総称で、最強の存在であるカンピオーネは数名しかいない』だ」

自然な話しぶり。とぼけている様子はない。雪希乃は眉をひそめた。

「カンピオーネって何？」

「神様を殺した人たちのこと、そう呼ぶのがヒューペルボレアで流行《はや》ってるんだ」

「なんだか無理矢理お洒落にしたみたいでむかつくわね。『神殺し』の方が硬派で、私的にはしっくりくる感じ」

「そう？　使ってみると結構、耳になじんでくるよ」

納得いかない雪希乃に、蓮はへらっと笑う。

「君の言ったとおり、『神殺し』はちょっと硬いしね。……あ、そうそう。忘れるところだった。これ、あげる」

　蓮がぬっと差し出したのは、なんと桃の果実だった。

「おなか空《す》いてるんでしょ？　さっき君がガン見してたやつ」

「あれ、しっかり見られてたのね……」

「どこの都でも地球出身者《アーシアン》は目立つからね。『新しい女の子が来た！』ってうわさになってたから、見に来たんだ」

　これぞ義理人情。同じ日本人のよしみか。

　感動しながらも雪希乃は一応、一回は遠慮すべきかと配慮した。

「うれしいけど……お返しできるものが何もないの」

「いいんだ。さっとちょろまかして、タダでゲットしたやつだから」

「はあ!?」

　てっきり『いい話』かと思いきや。雪希乃はあきれた。

「あ、あなた、盗んできたの!?」

「そうとも言う。でも罪にならないと思うよ。この都の王様にはモットーがあってね。困ってる人がいたら、なるべく助けてあげなきゃっていう――。街のみんなにも言い聞かせてるんだけど、なかなか定着しないなー」

　あろうことか、手前勝手な理屈を蓮は口にした。

この青年、チャラい見た目も好みではないが、性格のいいかげんさも気に入らない。寡黙《かもく》で誠実こそが男のステータスと考える雪希乃、毅然《きぜん》と訴えた。

「それでもいけないことだわ！　返してこなくちゃ！」

「まあまあ。今さらいいじゃない♪」

ふたりが言い合う場所は、街中の青空市場。

そこにそろいの服装をした一団がどたどたと入ってきた。

金属リングを連ねて成形した胴鎧《どうよろい》に兜《かぶと》、短めの剣にマントという男の戦士たち。一〇名ほどいるだろうか。

彼らはまっすぐ蓮と雪希乃めざして、小走りにやってくる――。

「あれ、衛兵たちだ。警察みたいな都の番人。君、何か悪さでもしたの？」

「な、なんで私で確定なの!?　あなたなんて桃泥棒じゃない!?」

蓮に言われて、雪希乃は憤慨《ふんがい》したのだが。

「僕は誰かに見つかるようなヘマ、してないからね。それに変な連中が衛兵さんたちのうしろにくっついてる。あの感じ、賄賂《わいろ》で抱き込んでる警官に頼んで、気に入らないやつを懲《こ》らしめてもらおうってノリに見えるよ」

「さ――さっき相手した賭場の人たちだわ！」

戦士団の最後尾には、見覚えのある男たちが加わっていた。

雪希乃に打ち倒された連中。賭博場の荒くれ男たち。ええい、めんどくさい。これ以上トラブルに巻きこまれたくない。

くるりと背を向けて、雪希乃は脱兎《だっと》のごとく逃げはじめた。

彼ら全員ぶちのめすのは造作もないが、武力で解決するのもちょっとかわいそうだ。三十六計逃げるにしかずで丸く収めるべし。

というわけで、軽快に雪希乃は走り出した。しかし。

「どうしてあなたがついてくるの!?」

「まだおしゃべりをはじめたばかりだしね。つきあうよ♪」

ナンパでもするつもりなのか。六波羅蓮は雪希乃のそばを併走《へいそう》しながら、慣れた様子でウインクしてみせた。

2

物部雪希乃《もののべゆきの》は剣神の申し子にして、運命の御子《みこ》。

なじみのある場所を思い浮かべれば、雷鳴と化して『飛ぶ』霊能を持つ。しかし、ヒューペルボレアにそこまで親しんだ場所はまだない。

だから今は、両足のみを頼りに逃走中であった。

驚いたことに、六波羅蓮《ろくはられん》はあっさり雪希乃の快足についてきていた。

「あなた、結構速いのね！」

「逃げ足の速さにだけは自信があるんだ。腕っぷしはアレだけど」

海の街である『享楽の都《きょうらくのみやこ》』、その市街をふたりで駆ける。

トレーニングした中距離ランナーにも負けないペースである。雪希乃はもちろん、蓮も息を切らさずに快走している。

(何かの競技経験者、だいぶ走り込んでいた時期があるわね)

蓮の走りは陸上競技者のそれではない。

しかしフォームは美しく、天性の運動センスを感じさせる。

──まあ、もちろん常人にしては上等というだけ。物部雪希乃が《神裔《じんえい》》としての能力を解放すれば、たちまち置き去りにできる。

そんな雪希乃の思いも知らず、蓮はにっこり笑いかけてきた。

「衛兵さんたちは街のあちこちにいる。見つかったら厄介《やっかい》だ。──よかったら、僕おすすめのコースで逃げようよ。もちろん、ついてこれたらだけど」

「な!?　あなたなんかに引き離されるはずないでしょう!」

「OK!　じゃあ、こっちだ!」

なんと六波羅蓮、とある一軒家の壁にいきなりよじ登った。

そのまま壁伝いに進み、石の柱に飛びついて、わずかな足場を頼りに登りつづけ、軽々と屋根の上に到達してしまった。

無論、雪希乃も同じルートで易々《やすやす》とついていく。

「よし！　このまま都の西側へ出よう！」

蓮は屋根の上で走り出し、隣家の屋根へ飛びうつる。

すばらしく敏捷《びんしょう》な身のこなしで屋根から屋根へ。道に迷う心配もなく、まっすぐ最短距離で目的地へ向かっていく。

動きの切れ、リズム感のよさ、天性のバネと瞬発力。

身体を動かすための、たぐいまれな天稟《てんぴん》の数々が見てとれた。

（さすがヒューペルボレアへ来るだけあって、只者《ただもの》ではないのね……。あのチャラさは気に入らないけど）

と思いながら、雪希乃はチャラ男の背中を余裕で追っていく。

だが、あることに気づいて、声をかけた。

「ねえ六波羅くん！　私たちってば衛兵から逃げているのよね!?」

「もちろん！」

「でもあなた、まっすぐお城に向かっているわ」

そう。ふたりのめざす方角には、ひときわ立派な城館がそびえ立っている。

この『享楽の都』、低層の建物ばかりである。だから、小高い丘の上にある四階建て以上とおぼしき城はよく目立っていた。

また、〝いかにも王様の城〟という雰囲気の豪華な造りでもある。

「衛兵って私、王様とかに仕《つか》えるものだと思ってたのだけど」

「そうだね。警察の代わりみたいな人たちだから、それで正解。衛兵たちはカサンドラ女王とジュリオ大臣の命令にしたがって、都の治安を守ってるんだ」

「じゃあ！　お城は衛兵さんたちの本拠地じゃない!?」

警官隊から逃げているのに、警察署へ直行しているような——。

自分が抱いた違和感の正体に気づいた雪希乃。しかし、蓮は軽薄に受けながした。

「大丈夫大丈夫。僕の顔が利《き》くところに転がりこめば、誰も手を出せないよ」


王城には広い庭園もあった。

その裏手をこそこそ物陰に隠れて進む六波羅蓮、何度もこうしているのであろう慣れた様子でずんずん歩いていく。

ここまで、城内の人々にまったく見とがめられていない——。

「あなた、もしかしてプロの泥棒さん？」

彼についていきながら、雪希乃は仏頂面《ぶっちょうづら》で言った。

「忍びこめるルートも事前に知っていたようだし」

「ちがうちがう。僕は『忍びの者』なんだ」

「つまり忍者とか密偵《みってい》ってこと？」

「うん。『享楽の都』を造ったのはカサンドラ王女と、地球出身者《アーシアン》のジュリオ総理大臣なんだけどね。僕はあの人たちの命令で、いろんなことを見たり、調べたりしている——。これ、ないしょの話ね」

蓮は振りかえり、唇に人差し指を当てた。

ないしょのサイン。お茶目で可愛い感じなのが逆に雪希乃をいらつかせる。やはり日本男児には『自分、不器用ですから』の質実剛健でいて欲しい。

雪希乃はぷりぷりしながら言った。

「だったら、初対面の人間におしゃべりするのはやめなさいよ！」

「ははは。いいのいいの。同郷のよしみってやつ。君の方はどうしてヒューペルボレアまで来たの？　やっぱり『俺より強いやつに会いに来た』系？」

「泥棒さんに言う義理はないわ」

「やだなあ。だから忍びの者だって」

おしゃべりの最中にもふたりはこそこそ進み、ついに蓮が足を止めた。

王城の隅っこに位置する、小さな離宮《りきゅう》の前であった。

いかにも貴人の住まいにふさわしい瀟洒《しょうしゃ》なたたずまい。もう蓮はこそこそせず、正面の通用口から堂々と入っていく。

こうなったら、毒喰わば皿まで。雪希乃もつづく。

通路をしばらく歩くと中庭に出た。噴水があり、その中心には白い大理石の女神像が置かれていた。地球のヨーロッパでたまに見かけるアフロディーテ像、ヴィーナス像などを彷彿《ほうふつ》とさせる。

そして、噴水の縁《へり》には小さな——小さすぎる少女が腰かけていた。

「ふうん。その小娘が新しい地球出身者《アーシアン》なのね」

金髪の美少女、ただし身長三〇センチほど。

まさにお人形サイズ。勝ち気そうな顔はすさまじいほどの繊細さでととのっている。噴水の女神像と合わせたのか、女神風の白い衣《ころも》を身につけていた。

ミニマム少女は生きた人間そのままにしゃべり、雪希乃を尊大に眺めていて——

「か……可愛い！」

思わず雪希乃は叫んだ。

もふもふの人形や小動物、可愛い小物だって好きなのだ。これでも。

「あなた、お名前なんていうの!?」

「おまえごときにあたしの真名《まな》を伝える気もないから、ステラと呼びなさい。……蓮。この小娘、ちょっとうざいわよ？」

「はははは。さすがステラは厳しいね。——で、君の方は？」

さらりと蓮が割り込んできた。雪希乃へ微笑みかける。

「君の名前、そろそろ教えてよ」

「物部……雪希乃」

「わかった。よろしく、雪希乃」

こうなる前に訊《き》かれたら、ナンパと思い、教えなかっただろう。

しかし自分から謎《なぞ》のミニマムお人形少女に名を訊《たず》ねてしまい、名乗らないわけにはいかなくなった。こんなチャラ男には明かしたくなかったのに。

あげく、出会って間もない女の子を呼び捨てにする。ごく自然に。

（こいつ――人のふところに飛びこんでくるのが上手《うま》いかも）

まさにチャラいからこその特技なのだろう。

目の前でにこにこ笑う青年へ、せめて視線だけでもと警戒心もあらわににらみつけようとしたときだった。

ばさっ。鳥の羽ばたき。

きれいな青い鳥――北米などに棲《す》むアオカケスが降りてきた。

全長三〇センチほど。人形サイズのステラとほぼ同じ大きさである。やはり噴水の縁に舞い降りて、やけに尊大そうに翼をばさりとやった。

頭から背中にかけては深い青。だが羽根の先と尾羽には水色と黒が交じる。

この青い鳥、いきなり人語を発した。

「古代物部家の末裔《まつえい》というところですか。神の聖なる血脈《けつみゃく》とおぼしき気配も感じます。ま、正体を隠したカンピオーネの線はなさそうですね」

「え――っ!?」

雪希乃は仰天《ぎょうてん》した。

神話世界というファンタジー環境。人形サイズの美少女までいる。

それを考えれば、鳥がしゃべる程度はたいした問題ではない。しかし不意打ちだったおかげで、必要以上に驚いてしまった。

「わたしはリオナ……見てのとおり、人間の言葉をしゃべる鳥です」

青い鳥はふたたびはっきりと言う。

女性の声であった。美しいだけでなく張りもある。

「はっきり言って、あなたの想像を超えるほど偉大な存在なので、くれぐれも失礼のないように。鳥あつかいしてきたら、つつきますよ」

「はあ……」

雪希乃はしげしげと青い鳥を見つめた。

こんな姿なのに、女王のようにえらそうなのが不思議だった。

「あなた、私が神殺しかもって警戒してたの？　だから忍びの者に命令して、私をこのお城まで誘導させた……？」

「ははは。大正解」

「当然の用心です。流行《はや》りの異世界転生ものとちがって、ヒューペルボレアに来る地球出身者《アーシアン》はほとんどが只者《ただもの》ではありませんからね」

親指を立てる蓮のそばで、青い鳥リオナは朗々と語った。

「たとえば古代や中世から復活した英雄豪傑《ごうけつ》。そこの六波羅さんのように、女神であるステラと同化した神のパートナー――」

ちらりと雪希乃はチャラい青年を見た。

彼の左肩に、いつのまにか人形サイズのステラが腰かけていた。ふたりセットの姿はなるほどと思うほどお似合いで、やけにしっくりくる感じである。

「そして今回は神の末裔《まつえい》がやってきた、と。ご先祖の神様が何かは知りませんけどね」

「すごいわ。あなた、何でもお見通しなのね……」

「ええ。素直な感想でよろしい。そう、わたしは完璧《かんぺき》なのです。それなのにあのお師匠さま、きたらあ――ッ！」

やにわに青い鳥リオナが声を荒らげた。

びくっとする雪希乃。謎のしゃべる鳥はこほんと咳払《せきばら》いする。

「ま、とにかく。地球出身者《アーシアン》のなかでも格別に傍迷惑《はためいわく》で危険な存在。それこそがカンピオーネ。神を殺《あや》めた魔王たち。鉤爪《かぎづめ》諸島はただでさえ『この大地が神殺し同士で相打つコロシアム』状態なんですから、まあた参戦者が増えたのかと警戒するのは無理もない話なわけで――」

「それだわ！　ちょうどいいから教えてちょうだい！」

やにわに雪希乃は声を張り、青い鳥のしゃべりをさえぎった。

「今、鉤爪諸島と言ったでしょう？　それってこの都がある島の名前よね？　ヒューペルボレアの地理とか地名、神殺したちがいる場所のことを教えて！」

「……人が気持ちよく話していたのに、空気を読まない子ですね」

ぼそっとリオナが愚痴った。

「ま、いいでしょう。これを見なさい」

ばさり。謎の鳥リオナは青い羽を一振り。

それだけで虚空《こくう》より一枚の地図が湧き出てきて、ひらひら地面へ落ちていった。足下に落ちた地図、すぐさま雪希乃は凝視《ぎょうし》した。

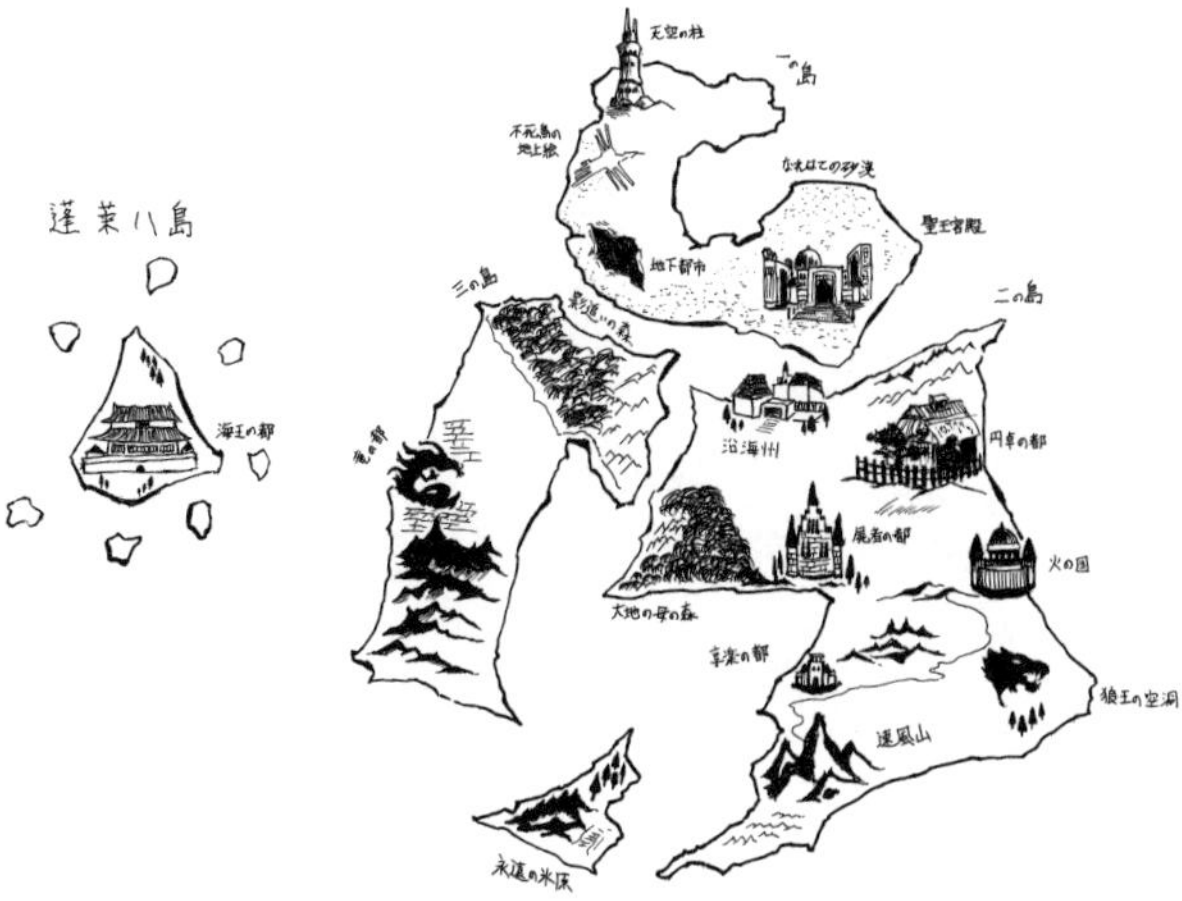
蓬莱八島
海王の都
天空の柱
一の島
不死鳥の
地上絵
なれはての砂漠
聖王宮殿
地下都市
三の島
影追いの森
二の島
竜の都
沿海州
円卓の都
魔者の都
火の国
大地の母の森
享楽の都
狼王の空洞
迷風山
永遠の氷床

「……とまあ、地形はこんな感じです。そして、鉤爪の形をした三つの島はところどころ人間の手でつなげてしまったので、今では地続きとなっています。海を越えるルートさえ知っていれば、船なしでも一周できますよ」

青い鳥リオナの講義。雪希乃は質問した。

「島の間に橋でも架けたの？」

「橋というか、陸地を創ったと言いますか」

「ど、どういう意味、それ!?」

「その辺は自分で調べてください。すぐにわかります。とにかく、鉤爪諸島には地球出身者《アーシアン》が打ち立てた都――フォービドゥン・レルムズがいくつも存在します。神殺しを王とする都もあれば、そうでない都もある。我が『享楽の都』はカサンドラ女王とジュリオ宰相《さいしょう》を統治者として戴《いただ》く……カンピオーネ不在の地です」

「ふぉーびど、何？」

「禁断の王国《フォービドゥン・レルムズ》。ヒューペルボレアに現れた神殺しのひとり、黒王子アレクサンドル・ガスコインがつけた呼び名です」

青い鳥リオナは語る。

この神話世界の文明レベルを大きく逸脱《いつだつ》した都市国家群。

本来、許されるはずのない行為。しかし、カンピオーネをはじめとする異能の地球出身者《アーシアン》によって、建国の偉業は為《な》された。

第一の王国《レルム》は『円卓の都』。

精鋭ぞろいの円卓騎士団と、勇猛果敢な騎兵隊、精強かつ勤勉な歩兵隊を擁《よう》した最大の軍事国家。武具製作と軍馬の育成にも力を注いでいる。

第二の王国《レルム》は『屍者《ししゃ》の都』。

大地より産出される自律《じりつ》型の人造ゾンビ〝屍者〟の労働力を基盤に、都市生活を最も充実させた理想郷。叡智《えいち》あふれる名君と剣のカンピオーネ、そして屍者を自在に操る〝貴腐《きふ》の巫女《みこ》〟に支配される。

第三の王国《レルム》は『海王の都』。

鉤爪諸島より船で南下すると、巨大海賊団が根城とする離島あり。未踏《みとう》の地が多いヒューペルボレアを探索する船団の母港にして、交易拠点《こうえききよてん》でもある。偉大なる海王と崇《あが》められる者こそ羅翠蓮《らすいれん》。カンピオーネにして武術・魔術の双方を極めた空前絶後の妖人。

第四の王国《レルム》は『群狼《ぐんろう》の天幕』。

彼らは一箇所に定住しない。精強な騎兵でもある遊牧の民《たみ》なのだ。しかも、この軍団には恐るべき魔狼《まろう》の群れと世界を滅ぼす天狼《てんろう》フェンリルまで加わり、鉤爪諸島を転々としつつ、気の向くままに襲撃と侵略を繰りかえす。

第五の王国《レルム》は『竜の都』。

峨々《がが》たる山々の奥深くにある城の上空には、天翔《あまか》ける竜たちが群れ、戯《たわむ》れている。歳経《としへ》て知恵を得た竜が支配者だとも、竜と関《かか》わりのある地球出身者《アーシアン》が王だとも言われる。いまだ真相はわかっていない……。

第六の王国《レルム》は『享楽の都』。

人の世のありとあらゆる娯楽、欲望、愉悦《ゆえつ》、快楽を味わえる歓楽都市。つまり、この都のこと。貿易もさかんで、活気とにぎわいでは随一《ずいいち》の王国。

第七の王国《レルム》は『探索者のギルド』。

定まった都はない。鉤爪諸島の各地に支部を設けている。ギルドに属する旅人たちは各支部で助言・助力・路銀の融通《ゆうずう》・人の紹介など、有形無形のさまざまな援助を受けられる。支部を介して、遠方の知人と連絡を取ることもできる。

第八の王国《レルム》は『影追いの森』。

魔の森。入りこんだ余所者《よそもの》は必ず道に迷い、二度と出てこられない。森に住む者たちは義賊を標榜《ひょうぼう》する無法者の盗賊たち、異端のマエストロ、禁じられた叡智の探求者など。曲者《くせもの》ぞろいのヒューペルボレア版〝シャーウッドの森〟。

「……とまあ、こんなところですかね」

ひととおり話して、青い鳥リオナは一息ついた。

「カンピオーネのいる都もあれば、いない都もあります。その辺、真偽《しんぎ》不明の情報がいろいろと飛び交ってますね。ヒューペルボレアの文明改革も電話や無線の開発には到達していないので、どうしても正確性に欠けるんです」

「そうだったのね……」

　聞き終えた雪希乃、ふとある言葉を思い出した。

「ところで《反運命の神殺し》というのは、どういう人なのかしら？　とりあえず私、その人のところに行くつもりなのだけど」

　魔王抹殺《まっさつ》については伏せての質問。

　彼ら『享楽の都』の人々が神殺し＝カンピオーネに対して、どういう立ち位置なのかが不明であるため、用心したのだ。

「ヒューペルボレアに着いたばかりなのに、その名前をよく知ってますね」

　青い鳥リオナはぼそっと言った。

「ただ、反運命をキーワードにしている陣営はいくつもあるので、そのうちの誰を指しているのかがわからないと回答できません」

「そんなにいるの!?」

「たとえば《反運命教団》とか。今、ヒューペルボレアでいちばん勢いのある宗教組織ですよ。もはや第九の王国《レルム》と呼ぶべき存在です。カンピオーネのひとりが創設者らしくて、『運命の軛《くびき》から脱出せよ、自由に生きろ』が主《おも》な教義なのだとか……」

「その創設者さん、なんておっしゃるの!?」

　勢い込んで、訊ねる雪希乃。

　だが、謎の青い鳥は肩をすくめるように羽ばたきをした。

「思いつく名前はありますけどね。裏が取れてないので、言わないでおきます。たぶん、あの人だと思うのですけどねえ……」

3

「――そのような次第だ、蓮《れん》。おまえの築いた『享楽《きょうらく》の都』、順調すぎるほどに国力と移住者を増やしつづけ、もはや『屍者《ししゃ》の都』にもひけを取らない」

「さすがジュリオ。国の舵取《かじと》りを君にまかせて大正解♪」

親友にして腹心でもある貴公子、ジュリオ・ブランデッリ。

地球にいた頃と変わらず、仕立てのよいジャケットに白シャツ、スラックスを合わせて、気品ある装《よそお》いだ。

彼から報告されて、蓮は人なつっこく笑った。

離宮《りきゅう》のサロンである。この都の〝影の王〟である六波羅《ろくはら》蓮と、近しい仲間のみが夜ごと集まって、たわいないおしゃべりや国際情勢、気になる人物のことなどを語り合い、会食や酒盛りなどもする場所。

いかい訳あって正体を隠したカンピオーネ、六波羅蓮。

ふかふかのソファの上であぐらをかき、くつろぎながら友人に言う。

「結社カンピオーネスの総帥《そうすい》は伊達《だて》じゃないね、やっぱり」

「ま、今は『享楽の都』の政治と経済を取りしきる宰相《さいしょう》だがな」

黒髪黒目のエキゾチックな美男子は、白ワインのグラスを手にしていた。

酒器も中身も『屍者の都』からの輸入品であった。

両国間を交易船が行き来するだけではない。『享楽の都』と、海賊・船乗りが集まる『海王の都』はヒューペルボレアの二大交易拠点《きょてん》。海の覇者なのだ。

辛口《からくち》の白ワインを口に運んでから、ジュリオは言う。

「しかし蓮、オレはたしかに上手《うま》くこなしているとは思うが——都のコンセプトを最初に定めたおまえの功績がやはり大きいと思うぞ」

「言っとくけど、あたしと蓮で考えたことよ！」

丸テーブルの上で、ステラが声高らかにアピールする。

愛の女神アフロディーテの成れの果ては、勝ちほこるように胸を張る。

「卑《いや》しい人間どもを突き動かすのは何より欲望。そこを利用すればいいって！」

「ま、どんな欲をも満たせる歓楽都市というコンセプトは、たしかに秀逸《しゅういつ》でした。わたしたちには妹の芙実花《ふみか》が創るような『ゾンビくん』もないし、円卓騎士団みたいに『よその国を襲って略奪！』で富を増やす真似もしたくはありません」

謎《なぞ》の青い鳥リオナ、ステラと同じテーブルに降りてきた。

まごうかたなき鳥類なのだが、なめらかに人語を操る。その正体はもちろん、蓮にとっては無二のパートナーなのだが。

身内だけの席だというのに、彼女は鳥の姿のまま会話に加わった。

「となれば、集まったマンパワーを最大限効率的に運用するための〝何か〟が不可欠。お師《し》匠《しょう》さま――羅《ら》濠《ごう》教主のところは、あの人のカリスマと恐怖政治でどうにかしてますけど、わたしたちはそれも避けたい。……だから六波羅さんが言った『とにかく世の中の楽しいことを全部経験できる街にしようよ！』は大正解でした」

「享楽を求める欲こそが原動力となって人間ははたらき、都市を発展させるからな」

青い鳥のリオナともども、知性派のジュリオがつぶやく。

美味《おい》しいもの、いろいろな種類の楽しい遊び、アートに音楽。ギャンブル、スポーツ、お酒に贅沢《ぜいたく》なブランド品、お金、ジュエリー。

理想郷とも言える『屍者の都』はそのあたりの娯楽が弱い。

その分析もあった。聖人である厩戸皇子《うまやどのおうじ》はそもそも物欲がない。巫女姫《みこひめ》の鳥羽《とば》芙実花は特定ジャンルの娯楽にばかりかまけている。ならば――と。

銀髪の美姫《びき》カサンドラもにこにこと言った。

「ええ！　わたくしたちの都、本当に活気があって、とても楽しゅうございます！　トロイアもよいところでしたけど、今ではこちらの方が故郷のように感じてしまって……」

「スポーツや御前試合とか、イベントもいろいろあるしね」

「ああした催《もよお》しを蓮さまと観戦するのも、わたくしの楽しみです♪」

ソファでくつろぐ蓮の横に、カサンドラも腰かけている。

微笑み合うふたり。膝《ひざ》と膝がくっつくほど距離が近い。ちなみに彼女、『享楽の都』の〝顔

出しするトップ〟として女王の地位にある。

王族としての見識とアイドル性の高さに期待した人選だった。

それも当たって、今では御前試合など国民の前に顔を出すイベントのたび、女王を讃《たた》える大歓声が起こる。

一方、『女王さま』を自認する青い鳥は声を荒らげていた。

「そこの人たち！　婚約者の前で堂々といちゃつかないでくださいっ」

「でも梨於奈《りおな》さまは今、そんなありさまでございますし……」

「んぐっ。痛いところ突いてきますね！　ま、それはともかく――カサンドラ王女。昼間の女の子でまちがいないんですね」

「はい――」

太陽神アポロンより予言の霊力をあたえられた巫女。

それがトロイア王女カサンドラ。しかし、美貌の太陽神は呪いもあたえた。何人《なんぴと》も彼女の予言を信じないという。

だが今、元凶である神はいない。蓮との戦いのさなかに自死した。

そしてカサンドラ自身もヒューペルボレアの地で『冥府《めいふ》帰り』の探索行を成就《じょうじゅ》させ、その潜在能力をめざましいほどに開花させた。

結果、いつしか呪いは打ち破られて――

「ひとりの少女がこの地にやってくる……すこし前にわたくしが視《み》た未来です。あのとき、こう感じました」

ついに堂々たる予知者となって、カサンドラは静かに語る。

「ここヒューペルボレアの地に波乱と風雲を巻きおこす少女の到来。彼女は往《い》く先々で、ついにそれぞれの拠点を築き終えたカンピオーネの方々と出会い——大きな戦いのうねりを誕生させるでしょう……」

「それが新たなカンピオーネではなく、どこかの神の末裔《まつえい》である、と」

青い鳥のリオナはぼそりと言った。

「彼女への〝つきまとい〟、ひきつづきおねがいしますよ、ご主人さま。旅費も都合してあげたから、明日から積極的に動き出すはずです」

「まかせて。何しろ『忍びの者』だからね♪」

六波羅蓮は享楽都市の王。しかし、あくまで影の存在。

いつも街に出てはふらふらし、市井《しせい》の人々に調子よく入りまじりながら、いずれ来《きた》るはずの大事にそなえる役どころであった。


「だいぶ暮らしやすいところだわ。そこは認めるけど……」

雪希乃《ゆきの》はぶつぶつ言いながら、朝の街を歩いていた。

たったひとりで異世界に来たさびしさからか、ひとりごとが昨日から多い。

『享楽の都』滞在も順調に二日目。昨晩は大通りに面した大浴場で入浴と食事後、併設の宿泊施設に泊まった。

「あれもきっと、元ネタはスーパー銭湯よね……」

ファンタジー異世界らしく、浴場では奇妙な者たちが下働きをしていた。

青白い肌の無表情な人型ロボット。はじめ雪希乃はそう思った。しかし大浴場に居合わせたヒューペルボレア人と話すうち、ちがうと知った。

「ものすごいイケメンふたりと全ての腐敗を司《つかさど》る巫女の治める都で造られた屍者たち――。次はそっちに行ってみるのもよさそうね……」

情報収集のため、昨日から現地の人々によく話しかけている。

大浴場のサウナ室では、数名の若い女性客が近くにいた。やけに優雅で知的な雰囲気の彼女たちいわく、

（ふふふふ。ウマヤドさまったら、ドニさまをしょっちゅう挑発されているのよ）

（ちがうわ！　ドニさまがとぼけるふりをされて、ウマヤドさまを上手く誘われているの。そして、ふたりきりの夜はウマヤドさまの方が素直になって――素敵！）

（あとでわたくしたちの部屋においでなさいな）

（ええ。秘蔵の『うすい本』をご覧に入れたいの）

興味はあったが、ほかの人とも話したいので断った。

ともかく『屍者の都』の政治と軍事を司る美男子ふたりは濃密なほど仲がよく、また、かの地こそヒューペルボレアに製紙技術と印刷技術をもたらした『書物と学門の聖地』であるとい

う情報も入手できた。

「あの鳥さんにも言われたものね……」

昨日、青い鳥があれこれ雪希乃に教えてくれた。

だが《反運命の神殺し》について、さらにあれこれ質問してみたら、バカにするようにそっぽを向かれたのだ。

『これだからスマホ世代は……。なんでもかんでも他人に訊《き》いて、どうするんですか。しかも情報ソースがひとつだけじゃ裏も取れない。ここまでは初心者用のチュートリアルってことでつきあいましたけどね。あとは自力で調べなさい』

言われた直後は腹も立ったが、もっともな意見であった。

尚、きつい言葉とは裏腹に。別れ際《ぎわ》、ヒューペルボレアで使える通貨をたくさん餞別《せんべつ》にくれた。革袋に入った銅貨・銀貨・金貨である。

「青い鳥さん、えらそうな物腰だけど、いい人なのかも！」

素直で天真爛漫《てんしんらんまん》だと、雪希乃はよく言われる。

だからか、いかにも癖《くせ》のありそうな〝青い鳥〟も不思議と気に入っていた。まあ、愛想のいいチャラ男の方はお近づきになりたくないが――。

「とにかく、例の情報をたしかめにいかなくっちゃ！」

昨晩、無視できない話を聞くことができた。

実はもうすぐ、ここ『享楽の都』でも《反運命教団》が祭事を行うのだと。

雪希乃は都のすぐ外へやってきた。

なだらかな草地が見わたすかぎり広がっている。水平線の彼方《かなた》まで緑の野原で、ところどころ雑木林があった。

街中とちがい、本当なら人間に遭遇することなど滅多《めった》にないはず――。

しかし、今日はちがった。

野外ステージが設営されている。

そう。現代地球人にはおなじみ、野外のコンサートやバンドフェスなどで使われる類《たぐい》の即席劇場である。

足場を組んで、九×一八メートルの天板を載《の》せてステージとし、屋根もつける。

ステージ上には、歌い手とおぼしき美少女三名――。

センターに陣取る歌姫が〝群衆〟に向かって、元気よく呼びかける。

「みんなあ！　自由の歌、聴いてくれる⁉」

おおおおおおおおおおおおおおおおおおおおおおっ！

集まった群衆、おびただしい数だった。七、八百人はいそうに見える。性別と年齢層にかたよりはなく、老若男女に子供たちと満遍《まんべん》なくそろっていた。

彼らに向けて、ステージの歌姫三人が歌いだす。

どんな運命にも負けない　縛られない♪
輝く明日へ　未来のために乗りこえていって♪
ひたむきな情熱でまっすぐ進む　自由なあなたをとりもどして♪

自由を謳歌《おうか》せよ。支配からの卒業を高らかに訴える歌詞。

歌姫たちの声量はとんでもないもので、肉声なのにマイクを使ったような大音量。そして何より——上手くてパワフル。

聴いているだけで圧倒される。なのに甘い声で、心がとろけそうになる。

「す、すごい歌、なんだけど……」

雪希乃は神がかった歌に呑まれながらも、ツッコまずにはいられなかった。

「ファンタジー世界でロックテイストの音楽ってどうなの!?」

アップテンポの激しいメロディ。

歌姫たちの背後では、バックバンド隊が激しく演奏中だ。

どの楽器も現代地球人には一目でぴんとくる。超絶技巧でソロパートをかき鳴らす彼の弦楽器はギターが元ネタだと。

あちらにはベース、キーボードもどきの鍵盤楽器にドラムもある。

どれも電源なしのアコースティック。スピーカーになど接続されていないのに、歌声といっしょで異様な大音量である。

雪希乃は《神裔《しんえい》》としての霊感ですぐに見抜いた。

何かしら呪的な手法で『音』を強化しているようだと。しかし、歌唱・演奏の巧《たく》みさは彼女たちが身につけたスキルのはず。ひとりだけでも地球に連れていけば、きっと伝説のミュージシャンとして崇拝される——。

呆然《ぼうぜん》とする雪希乃をよそに、一曲終わった。

ふたたびセンターの歌姫が口を開き、〝MC〟をはじめる。

「さあ、みんな！　いっしょに祈りましょう！　あたしたち《反運命教団》にとっては父なる御方——反運命の戦士《クシャーナギ・ゴードー》に栄《は》えあれと」

「クシャーナギ・ゴードーこそ自由の申し子！」

「クシャーナギ・ゴードーさまは必ず宿敵の《運命》に勝ってくれます！　あの方は何度だって運命に立ち向かってきた御方なんです！」

「あの方は絶対に、運命の呪縛になんて負けない！」

「だから、みんなも自由に生きて！　愛してる！　ありがとおーっ!!」

歌姫三人が口々に群衆へ呼びかける。

それから、新たな曲へ。

今度もノリのよいロック調だが、歌詞はロボットもののアニソンさながらに、

「反運命の戦士、クシャーナギ・ゴードー！」

と、熱く歌いあげていく。

すると聴衆ものってきて、歌姫たちといっしょに大合唱をはじめてしまった。

クシャーナギ・ゴードー！　クシャーナギ・ゴードー！　クシャーナギ・ゴードー！　クシャーナギ・ゴードー！

連呼される名前。反運命教団を創設したという教祖の名であろう。

雪希乃はひとり冷静につぶやいた。

「クシャーナギ・ゴードー。なんて邪悪で、凶悪そうな名前なのかしら。たぶん、私が倒さなきゃいけない宿敵の名前……」

昨夜、手に入れた情報。反運命の教えを説く集会が明日開かれると。

歌姫らはミュージシャンであり、反運命教団に帰依《きえ》した『僧侶』たちなのだ。ヒューペルボレア各地を転々としながら、歌と布教の集会を繰りかえすのだという。

もしかして――

雪希乃はふと思った。

（こういうのが老師さまのおっしゃった『反運命の気運』なのかも……）

運命の軛《くびき》を打ち砕け。自由に生きろ。

歌とＭＣで、反運命をそそのかす言葉がまき散らされる。それを受け取って、群衆は熱狂的に盛りあがる。

この野外フェスもまた、多元宇宙を崩壊させる遠因のひとつ――。

そう悟ると、ひどく穢《けが》れた邪教の祭事にも思えてくる。

「……とにかく。コンサートが終わったら、歌い手の人たちと直《じか》に話をして、いろいろ聞き出さなくちゃいけないわ」

「同感。僕も是非つきあわせてよ」

ひとりごとに合いの手を入れられた。

いつのまにか六波羅蓮が隣にいた。剣神タケミカヅチの申し子、物部《もののべ》雪希乃に近づく気配を一切勘づかせずに！

「あなた、どうやって私の隙《すき》をついたの!?」

「隙をつくも何も。雪希乃、コンサートに夢中になってたじゃない？」

「あ、それもそうね」

ふだんなら、それでも雪希乃は彼に気づいたと思う。

しかし、これだけ人が集まっているうえに大音量の歌と演奏。気配もまぎれるし足音も聞こえない。それもそうかと思いなおした。

「……で？　なぜあなたと集団行動しなくちゃいけないの？」

雪希乃はツンとして言った。

「そもそも、六波羅くんはどうしてここにいるのかしら？　私をつけまわしているのだとしたら、かなり気持ち悪いわ」

「はははは。ストーカーみたいに言われたのは初めてだ」

「偶然でもつきまといでもなく、必然ですよ。わたしたち『享楽の都』首脳部も《反運命教団》には注目していたんです」

悪びれず笑う六波羅蓮の右肩に、えらそうな青い鳥が降りてきた。

「実地調査に来てみたら、あなたがいた。それだけです」

「青い鳥さん!?」

「だから、リオナだって名乗ったでしょうに。ほんと、頭を何度もつつきながら、よーく言い聞かせてやりたい子ですね……」

あいかわらず謎の青い鳥は口が悪かった。

しかし、チャラい『六波羅くん』より遥《はる》かに親しみが持てる。

彼女相手におしゃべりしようと雪希乃が決めた——その瞬間だった。遥か彼方《かなた》より遠雷のごとき音がとどくのを聞いた。

ドドドドドドドドドドドドドドドドドッ。

かなりの重低音。地鳴りにも似ているがこれは……足音だ。

「馬。たぶん一〇〇頭以上いる。馬の群れがこちらに速歩《はやあし》で近づいてくるわ」

ずばりと雪希乃は断言した。

剣神の裔《すえ》であるがゆえに、異様な聴力も持つ。

そういう雪希乃の特質を知らなければ、妄言《もうげん》としか思えまい。にもかかわらず、蓮と青い鳥のリオナはあっさりと言う。

「それ本当？　こんなタイミングで僕らの街に来るってことは——」

「例のあの人たちか、あっちかこっちの人たちか。いずれにしてもコンサートどころじゃありませんね。——撤収！　あなたたち、さっさと撤収してください！　敵襲です！　わたしたちの都に敵が接近中ですよ！」

青い鳥はバサバサ飛びまわりながら群衆に呼びかけ、さらにステージまで行って、嘴《くちばし》で歌姫たちの頭をつつきはじめた。

「さあて。僕もカサンドラに合図しないとな」

一方、六波羅蓮はもぞもぞ荷物を探っていた。

肩から提《さ》げていた紐《ひも》付きのずだ袋。そこから出てきたのはライターと小さな壺。

「何をするつもりなの？」

「僕、逃げ足以外はてんでダメだからね。狼煙《のろし》を上げて、助けを呼ぶ」

小壺には布きれをかぶせ、紐でしばって封をしてあった。

蓮はそれを開け、中身の粉末を地面にぶちまける！　ライターで火をつけると、もくもく白い煙が立ちのぼっていった。

4

「ふははは！　つづけ、我が精鋭たる騎士たちよ！」

笑い声も高らかに、リチャード獅子心王《ししししんおう》は先陣を切っていた。

背後には『円卓の都』が誇る騎兵隊二〇〇騎がつづき、闘志をみなぎらせながらリチャードの呼びかけに熱く応《こた》える。

「「「仰《おお》せのままに、獅子心王！　全ては盟主テオドリックのため！」」」

鎖かたびらに楕円形《だえんけい》の盾《たて》、騎兵槍《ランス》で武装した騎士たち。

鉤爪《かぎづめ》諸島の各地へ遠征。敵地へ侵入しては人里を襲い、略奪行為。それを数カ月も繰りかえし、鍛えつづけたリチャード直属の『獅子隊』である。

このような軍事行動を騎行《きこう》という。

騎行の果てに、いよいよ発展いちじるしい『享楽《きょうらく》の都』まで来た。

しかし、狙いはこの都の富、だけではない。

都のすぐ外で歌による祭事を開催中だった《反運命教団》、そして集まった聴衆まで蹴散らし、鏖殺《おうさつ》するつもりであった。

「反運命の旗印を騙《かた》るとは、思いちがいも甚《はなは》だしい……。騎士たちよ聞け！　われらの盟主テオドリックのみが真実、反運命の戦士と名乗れる唯一《ゆいいつ》のカンピオーネ！　まがいものの信徒どもをひとりたりとも生かして帰すな！」

「「「御意《ぎょい》！」」」

リチャードと獅子隊は、いよいよ愛馬を全力疾走させはじめた。

二〇〇騎もの騎士と軍馬が津波のように押しよせてくる――その様子に、偽《いつわ》りの反運命に耽《たん》溺《でき》する邪教徒どもがついに気づいた。

たちまち逃げ場を探して、右往左往《うおうさおう》しはじめる。

必死に走る者、絶望して立ちすくむ者、突きとばされる者——。

突撃する人馬の勢いを以《もっ》てすれば、足で逃げる輩《やから》など容易に蹂躙《じゅうりん》できる。

激情の赴《おもむ》くままに暴力を行使できると予感して、リチャードが期待に打ち震えたとき。予想外の攻撃が加えられた。

「なに!?」

開けた草地である。きわめて見通しがいい。

何より、目の前には反運命教団という格好の獲物《えもの》。だから気づかなかった。草むらのなかに寝そべって、隠れていた伏兵《ふくへい》の存在に。

その連中は緑色の服を着ていた。草むらに同化するためだろう。

次々と立ちあがって、短い弓に矢をつがえる。

二〇〇名ほどの弓兵隊であった。彼らは全力疾走するリチャードの獅子隊めがけて、一斉射撃をはじめる!

射手《いて》たちは口々に鬨《とき》の声、そして忠誠の言葉を叫んでいた。

「撃て、撃て！　俺たちの都に近づけさせるな！」

「われらの命は女王カサンドラのもの！」

「カサンドラ！　カサンドラ！　カサンドラ！」

たくさんの矢が弧を描いて飛び、上方より獅子隊に降りかかる。

それに射ぬかれて、せっかく鍛えた軍馬が斃《たお》れ、騎士たちも馬上より落ちる。落ちた者は仲間の蹄《ひづめ》に蹴られ、踏まれ、体のどこかが無惨に砕かれる。

運のいい者は急所以外に矢が刺さる程度、あるいはかすり傷で済んだ。

しかし、矢の連射はまだ終わらない。

リチャードは思案した。見たところ、弓兵隊二〇〇名が持つ矢筒には三〇本ほどの矢が入っていたようだが——ならば。

苦しむ部下たちに、獅子心王は吠《ほ》えた。

「猛《たけ》き獅子にして騎士でもある我が臣に告ぐ！　駆けよ！　どのみち矢は尽きる。今は耐えて愛馬を走らせ、反運命を詐称《さしょう》する輩に正義の剣を振りおろしたのち、卑劣《ひれつ》きわまりない弓兵どもに逆襲すればよい！」

「「「御意！」」」

足を止めて防御にまわるより、突撃続行——。

実に彼らしい指示を出したリチャード獅子心王、ひそかに歯嚙みする。

（おのれ！　エドワードのような真似をする！）

弓兵隊による騎士隊の攻略。

まさに弟ジョン欠地王《けっちおう》の子孫、黒王子エドワードの得意とするところ。

あの用兵術を見るたび、実はすこしだけ憮然《ぶぜん》としていた。あの弓が自軍に向けられるのは面白くない……その予感があったため。

ともかく矢が尽きたのだろう。弓兵どもの矢は降ってこなくなった。

この災厄を生きのび、半減した獅子隊をひきいたリチャード、いよいよ逃げおくれていた反運命教団と数百の群衆に近づきつつあった——なのに。

いつのまにか、奇怪な軍団に行く手を阻《はば》まれていた。

「——《剣の屍者《ししゃ》》のみなさん！　わたくしと共に都をお守りください！」

呼びかけるのは、白馬にまたがる美貌の少女。

銀髪が風になびいている。その美は只人《ただびと》の範疇《はんちゅう》を超え、まさしく神話の高みにある。リチャードは確信した。

「うわさに聞くカサンドラ女王か！　女だてらに戦場に立つとは！」

「抜刀《ばっとう》！　円卓騎士団を迎え撃つのです！」

女王の声に応《こた》えて、不気味な兵士たちが一斉に剣を抜く。

青白い肌。まったくの無表情。頭髪はなく全裸。しかし局部はない——『屍者の都』の生ける亡者が一〇〇体ほどいた。

が、あの都で見かける通常のものとはちがう。

全裸の体は鋼《はがね》のような筋肉でおおわれて、黒革のベルトを腰に巻き、そこに長剣を収めるための鞘《さや》を吊るしていた。

「サルバトーレ卿《きょう》の仕込んだ剣術使いを融通《ゆうずう》してもらったか！　ちっ。『享楽の都』があちらと同盟関係にあるという情報、真実のようだな！」

舌打ちするリチャードと共に進撃する獅子隊一〇〇騎。

全力突撃する騎兵は戦場において最大の脅威《きょうい》である。しかし、抜刀した《剣の屍者》一〇〇体は——臆せず、リチャード軍に突っ込んでくる。

両手で剣を振りあげ、己《おのれ》の右肩でかつぐような構えのまま、全力疾走して。

屍者たちの顔に表情はない。恐怖も見せない。当たり前だろう。かの都の屍者はそもそも感情を持たず、無念無想なのだから。

それは——『剣の王』が身につけた奥義《おうぎ》《無想剣》に通じるという。

図らずも極意の一端を授かるのに適していた屍者たち。彼らが振るう剣の鋭さ、速さ、狙いのたしかさ、いずれも人間の剣士を凌駕《りょうが》して——

今、リチャードの獅子隊を襲う〝剣の嵐〟と化していた。

肩にかついだ構えから、長剣を袈裟懸《けさが》けに振りおろす。振りおろす。

死せる剣士が使う技、実はほとんどこれだけだ。

実に単調。だが、おそろしく強い。彼らは袈裟懸けの太刀《たち》で軍馬の足を断ち切り、騎士たちが突き出す槍《やり》を切り払い、馬上から落ちたリチャード直属の戦士を冷酷かつ機械的に斬り殺していく。

「おのれ！　おのれ！」

毒づきながらもリチャードとその愛馬は駆けつづける。

斬りつけてきた《剣の屍者》は、馬上から騎兵槍《ランス》の一突きでふっとばした。立ちはだかった敵軍の壁、みごと突破した格好である。

だが、ただ一騎のみ。

獅子隊の人馬、リチャードの背後で為《な》す術《すべ》なく斬り刻まれている——。

ふぅぅぅぅぅ。深く息を吐き出して、気持ちを切りかえる。まだまだ敗北ではない。なぜならば。

「余が魔剣エスカリブールの一閃《いっせん》にて、逆転を果たせばよいだけのこと」

散っていった部下たちのために、あとで熱い涙を流そう。うむ。

かくして、あっさり仕切り直した獅子心王。愛馬の首を軽く叩き、なだめて、疾走する勢いを落とさせた。

「——ほう」

いつのまにか、もうひとり立ちはだかる者がいた。

変わった衣《ころも》をまとっている。まちがいなく地球出身者《アーシアン》であろう乙女が、ただひとりだけで、リチャードの方へ歩いてきたのだ。

彼女の手に黒い棒がいきなり現れる。

杖《つえ》ではない。細く、長く、むしろ『剣』に似た棒きれであった。

弱い者いじめが物部雪希乃《もののべゆきの》には許せない。

しかも今回は、いじめどころか武器を振りかざしての襲撃。殺意と狂気をみなぎらせ、戦場の興奮もあらわに騎士たちは迫ってきた。

都を守るため、奮闘する人々もいる。

助太刀《すけだち》のひとつもできなくては、剣神の申し子としてあまりに情けない――。

義侠心に突き動かされて、雪希乃は『騎士』の前に立ちはだかった。

指揮官とおぼしき金髪の人物。ひときわ逞《たくま》しく、オーラにあふれ、野獣の精悍《せいかん》さに充《み》ち満《み》ちている。

配下の騎士が次々と討ち死にするなか、ただひとり健在。

全力疾走から速歩《はやあし》程度に足をゆるめた愛馬の鞍上《あんじょう》より、傲然《ごうぜん》と雪希乃を見おろしつつ接近してくる。

「またしても女か」

愛馬の足を止めさせて、壮年の騎士は嘲《あざけ》るように言った。

そのうえ、ひどく不遜《ふそん》な豪語まで付け加える。

「よもやリチャード獅子心王に剣で挑むつもりではなかろうな？」

「そういうあなたこそ。よもや私――武の神に誰より愛された物部雪希乃と、対等に戦えるつもりではないでしょうね？」

目には目を。自信過剰《かじょう》と女性蔑視《べっし》には神の子としてのプライドを。

右手には黒檀《こくたん》の木刀をすでに呼びよせてある。

そして、靴のつま先で足下の小石をけっとばした。石は弾丸のごとく飛んで、リチャードなんたら王の愛馬、その鼻面《はなづら》にあやまたず命中する！

――ひひぃぃぃぃぃぃいん!?

突然の衝撃に馬は驚き、後ろ肢《あし》だけで棹立《さおだ》ちになった。

雪希乃の学んだ一之宮神流《いちのみやしんりゅう》は実戦を重視する。柔術、杖術《じょうじゅつ》なども流儀にふくまれ、石つぶてもそのひとつ。石。おそらく原始の人類が初めて用いた武器であろう。それを手足で投じる武器術だった。

「ぬおっ!?」

リチャードは愛馬の狂奔《きょうほん》に驚いていた。

が、驚きながらも棹立ちになった馬の鞍上から身軽に飛び降り、獣めいた身のこなしでしっかり着地までしてのける。

よほど戦場の混乱に慣れた猛者《もさ》なのだろう。おみごと。

しかも、すぐさま木刀を中段青眼《せいがん》にかまえた雪希乃に猛然と飛びかかり、長剣の斬撃を真正面から振りおろしてきた。

まさしく獅子の獰猛《どうもう》さと言うしかない、怒濤《どとう》の勢い。だが。

剣神の申し子から見れば――つけいる隙《すき》だらけ！

「ふははは、女め！　騎士に対して、卑劣な真似をする！」

尚も雪希乃を見下して、リチャード王は高笑いしていた。

彼が振りおろした剣、速いは速い。強いは強い。だが、後《ご》の先《せん》の間合いで迎え撃つもくろみの敵手へ放つ一撃としては――

「不用意すぎるし、雑すぎるわね」

「なに!?」

後の先。先に攻めたはずの敵手より後に動き出し、そのうえで先を取る。

リチャードの剣、体をわずかに左へさばいて避けた。

同時に雪希乃も打ち込み、黒檀の木刀で獅子心王の左肩を抉《えぐ》っている。

彼は中世ヨーロッパの騎士よろしく、上半身のほとんどを鎖かたびらで保護している。この防具は本来、斬撃に対してはかなり強い。が、雪希乃の一打を浴びて、リチャード王は雷に打たれたかのように悶絶した。

「く――はあっ!?」

物部雪希乃は剣理を以《もっ》て、切れぬはずのものを切る。

鎖かたびらを裂いて、木製の刃《やいば》がリチャードの左肩に食い込んでいた。

鎖骨《さこつ》を粉々に砕いた手応えあり。そして雪希乃は動きを止めず、あっさりと木刀を手放しながら金髪の大男との距離を詰め、投げを打つ。

「があああっ！」

「まだ叫べる余裕があるなんて、結構タフなのね……」

敵の上体を引きよせながら、足払いで投げ倒す。

柔道で言う大外刈り。一之宮神流では『車倒し』と呼ぶ技。リチャード王を背中から大地に打ちつけた雪希乃、酷薄《こくはく》につぶやいた。

我は剣神の申し子。敵を斬るときは冷酷に、容赦《ようしゃ》なく――。

今もリチャードの後頭部を遠慮なく、地面にたたきつける形で投げた。石場かコンクリートの路上なら、まあ即死だったろう。

仕方ない。とどめを刺すまでと、右手を開く。

さっき手放した木刀、ふたたび雪希乃の手にぱっと現れた。

一方、九死に一生を得たリチャード王、地面を転がるようにして雪希乃から離れ、よろよろと立ちあがる。

対等以上の大敵とまみえた真剣さで、ついに雪希乃を凝視《ぎょうし》していた。

「魔女の類《たぐい》――しかも剣を操る魔女であったか。一見して気づけなかったのは、リチャード一生の不覚よな。口惜《くちお》しいことよ」

「あら意外。反省できる人だったのね」

「反省？　バカを申すな。余は……決してまちがえぬ！　ただ心の猛りを少々抑えきれないときがある――それだけのことよ！」

この期《ご》におよんで、尚も言動を変えない。あらためない。

これはこれで大人物の証《あかし》かもと雪希乃をあきれさせながら、リチャード獅子心王は手にした長剣を天にかかげた。

「剣の魔女が敵とあっては、余にも助力が必要だ。――我が主、盟主テオドリックよ！　まつろわぬアーサーを殺《あや》めし《反運命の神殺し》よ！」

「反運命!?」

「盟主テオ！　余を一箇の剣、御身《おんみ》の武具と成さしめ給《たま》え！」

リチャードの体と長剣にすさまじい〝気〟が宿った。

また剣の刀身はまばゆい黄金の輝きを放ちだし、燦然《さんぜん》たる刃《やいば》へと変化《へんげ》する。

「剣の魔女！　余もまた魔剣エスカリブールの使い手にして、盟主テオドリックの剣そのものであると知れ！」

5

地球出身者《アーシアン》の物部雪希乃《もののべゆきの》とイングランド王リチャード一世。

両者の対決は次なる局面へ突入していた。

切り札である《魔剣エスカリブール》を抜刀《ばっとう》した獅子心王《ししんおう》、輝く長剣を振りまわし、神秘の刀身から放たれる光線で雪希乃に猛攻を加えている。

「でやあああっ！」

「無様な剣さばきね！　せっかくの魔剣が泣いているわよ！」

なりふり構わず魔剣を振りまわす暴れん坊への皮肉。

しかし、当の本人はどこ吹く風で言い返す。

「ふははは！　勝てばよいだけのこと。それがいくさ場の真理。余の分身であるエスカリブールもよおっくわかっておるわ！」

雪希乃に左肩の鎖骨《さこつ》を砕かれ、左腕はだらりと下がったまま。

常人であれば気絶するほどの激痛だろう。しかし魔剣の恩寵《おんちょう》なのか、リチャードは痛がるそぶりも見せず、右腕一本で意気軒昂《けんこう》。

むしろ前より元気なほどで——。

「もうっ。これだから大雑把《おおざっぱ》なおじさんは大きらいだわ！」

無尽蔵《むじんぞう》に繰り出される光線、雪希乃はどうにか無傷でしのいでいた。

魔剣の光が当たったかに見える場面が幾度もある。が、次の瞬間には雪希乃の体は左右のいずれかに動いていて、光線をすり抜けている。

当たる寸前、稲妻のような速さの足さばきでサイドへ回避——。

みごとな見切りと体さばき。しかし、同じく逃げ上手の六波羅蓮《ろくはられん》には彼女の苦しさが見てとれる。

「ちょっと苦戦してるね。彼女、全然反撃できてない」

アウトボクシングの要諦《ようてい》は、蝶のように舞い、蜂のように刺す。

敵の攻撃を華麗な動きでどんなに避けつづけても、反撃の針を突き刺さなくてはいつか限界が来て、打ち倒される。

蓮の言葉に、しゃべる鳥——否《いな》、鳥羽梨於奈《とばりおな》もうなずく。

「ですね。武道の腕前は鷹化《ようか》兄さんや、六波羅さんの飲み友達と同じくらいにすごいようですけど。お師匠《ししょう》さまレベルにはちょっと足りない感じですかね？」

「たしかに、鷹《たか》くん・ドニさんと同じレベルかも」

「さて、円卓騎士団の《魔剣》に対抗できる切り札はないのか。それとも使いたくない理由が何かあるのか……」

あいかわらずの聡明《そうめい》さで分析する梨於奈。

アオカケス——〝青い鳥〟の姿で蓮の右肩に留《と》まっている。

リチャードがひきいてきた騎兵隊の方は、女王カサンドラに指揮された守備隊と《ゾンビくん剣術開眼バージョン》にまかせてある。

ふたりは木陰から、『決闘する女子高生と獅子心王』を観察中だった。

尚、武門のトロイア王家に生まれたカサンドラ——。

兄の英雄にして名将ヘクトールの薫陶《くんとう》か、持って生まれた資質か、将軍としてもすばらしく有能だった。『享楽《きょうらく》の都』の政治と経済はジュリオの担当。そして軍事の総責任者は女王でもあるカサンドラなのだ。

だから、蓮たちは後顧《こうこ》の憂《うれ》いなく〝敵情視察〟に専念できる。

「雪希乃はやっぱり、避けるだけで手いっぱいのようだね」

「それでご主人さま。ついにリチャード氏の戦いっぷりを直《じか》に確認できましたけど——ぶっちやけ、あの人に勝てます？」

「勝てるよ。でも、今は勝ちたくないなあ」

「そこは同感です。まだ正体を大々的に明かす段階じゃありません。じゃ、もうしばらく女剣士さまを応援することにしましょう」

言ってから、梨於奈は不思議がった。

「それにしても……アーサー王を殺したっていう『円卓の都』のテオドリック王。そろそろ本人に会って、訊《き》いてみたいですね。彼に仕《つか》える円卓の騎士たちが——なんでリチャード獅子心王だのエドワード黒王子なのか」

「それ、変なことなんだ?」

「ふつうはランスロットやガラハッドの出番ですね。円卓の騎士といえばこの人たちっていう超メジャーどころです。最近じゃ、騎士物語よりスマホのソシャゲでおなじみの面子《メンツ》になりましたけど」

「あー。いろんなゲームで見た覚えあるよ」

「ま、ただ……『神話』『文学』としてのアーサー王物語ではなく『歴史』、と言うか偽史としてのアーサー伝説を巡る登場人物としては、リチャード一世はじめプランタジネット朝の王族たちはものすごーくふさわしい面子ではありますけどね……」

「へえ!」

梨於奈の語るうんちくは、事件の本質を衝《つ》くことが多い。

それを知る蓮はしっかり聞き入ろうとした。偽史《ぎし》、つまりウソ歴史とはなんぞやと。しかし戦況が急変しつつあった。

「あ。雪希乃が何かやりそうだ」

「いよいよですか。ではお手並み拝見といきましょう！」

乱舞する光線をおそらく七、八〇回も回避しつづけて――

雪希乃はうんざりした顔で『構え』を変えた。今までは常に半身。右半身を一歩分だけ踏み出して、文字どおり斜《しゃ》にかまえていた。

自《みず》らの体を、敵に正対させない。武術・格闘技の基本である。

正中線――頭頂、鼻、あご、みぞおち、ボディ、金的といった急所の縦《たて》ラインを敵の攻撃から遠ざけるという。

しかし今、雪希乃は仁王立ちになり、リチャードとついに正対した。

開いた左手のひらに右手のこぶしをくっつけながら、

「我が祖タケミカヅチ、軍神にして世界を救う剣そのものよ！　御身《おんみ》に請《こ》う、救世《きゅうせい》の神刀と成りて、我が手に示現《じげん》し給《たま》え！」

高らかに叫ぶ。

雪希乃は左手のひらより、剣を抜きはじめた。

白金色に燦《きら》めく刀身は美しく、細身で、神々《こうごう》しい光を宿していた。白き光明。聖なる者の降臨を示す光輝。まさしく神刀と呼ぶにふさわしい。

その刀身を左手より五〇センチほど抜いた雪希乃。

彼女の体は神刀の宿す光と同じ輝きにつつみこまれて――襲いかかる魔剣エスカリブールの光線を中和し、吸収してしまう！

「なんと!? 魔女め、貴様も魔剣の使い手であったか！」

「冗談じゃないわ！ 救世の神刀をあなたごときの剣といっしょにしないで！」

性懲《しょうこ》りもなく、光線を放ちつづけるリチャード王。

だが、その猛攻はもはや雪希乃が微動だにせずとも、全て消え去る。剣の少女を守護する光に同化してしまう。

一方、蓮はとあるキーワードを思い出していた。

「救世の神刀って、僕らの世界が終わったときに出てきたアレか！」

宇宙最強の武器。神殺しを全滅させるために創られた。

そう語ったのはアイーシャ夫人。かの神刀の威力、蓮たちも目《ま》の当たりにした。たしかにすさまじい武具だった。

「どうせなら、全部抜いちゃえばいいのに」

「抜きたくともレベルが足りなくて抜けないんですよ。まだ、まだ……」

蓮の右肩に留まりながら、梨於奈がささやく。

彼女は青い鳥の眼球を大きく見開き、瞠目《どうもく》していた。

「剣の軍神タケミカヅチの末裔《まつえい》にして生まれ変わり。つまり、霊鳥・八咫烏《やたがらす》の転生体であるわたしと同じ存在！ そういう……そういうことでしたか！」

熱っぽくつぶやいて、さらに言い足す。

「六波羅さん！　最強勇者の卵を抱き込む千載一遇《せんざいいちぐう》のチャンスですよ！」

「天《あめ》切る、地《つち》切る、八方切る——救世の神刀《建御雷《タケミカヅチ》》、その霊験《れいげん》を私にちょうだい！」

「盟主テオ、余のエスカリブールに……もっと力を授けよ！」

手にした武具へ呼びかける言葉、ふたりそろって叫ぶ。

救世の神刀が放つ光、雪希乃ひとりを守護するだけでなく、リチャード獅子心王をも呑みこむほどにふくれあがっていた。

しかし、リチャードの体と魔剣エスカリブールも橙《だいだい》色の光を放つ。

それはゆらゆら焔《ほのお》のごとく揺れながら、救世の白き光をどうにか拒《こば》み、払いのけ、獅子心王を守護していた。

「ふ——っ。所詮《しょせん》は抜きかけの剣、余を打倒するには力不足よ！」

「とんでもないわっ！　あなたごときに全て見せてあげられるほど、この神刀は安っぽくないの！　半分だけでも拝《おが》めたことを感謝しなさい！」

手負いの獅子と言い合いながら、雪希乃はどきりとした。

そう。この刀を完全に引き抜いてしまえば、あっさり障碍《しょうがい》は撃破できる。救世の神刀を振りすれば、リチャードなど瞬時に消滅してしまう。

その確信があるのに抜けない。もどかしい。

もっと力を、気を、心を研ぎすまし、さらなる高みに到達しなくては――！　今こそ純然たる『剣』たるべし！

自らの未熟さを悟り、雪希乃が闘志に火をつけたとき。

魂へ直接語りかけてくる〝念〟を受けとった。

――聞こえますか、タケミカヅチの末裔よ

「その声は、青い鳥さん!?」

『だから梨於――こほん、この話はあとまわしです。単刀直入に言うと、あなたとわたし、実は同種の存在なのです』

「えっ？」

『あなたは剣の軍神タケミカヅチの末裔にして生まれ変わり。わたしも霊鳥・八咫烏の末裔にして生まれ変わり。古き日《ひ》の本《もと》の神霊そのものです』

「それじゃ、鳥さんも《神裔《しんえい》》だったのね!?」

リチャードに救世の光を浴びせながら、雪希乃は念をやりとりしていた。

熱血すぎるうえに雑すぎるおじさんは全力をかたむけて防御に専念中なので、まったく問題なかった。

青い鳥の少女があきれ気味の念を返してくる。

『だから、わたしを鳥あつかいするなと──ええい、これもあとにします。とにかく、大和《やまと》は国のまほろば！　タケミカヅチと八咫烏、古き日本の神話に語られるもの同士の地縁と霊縁があれば、あなたにさらなる力を授けることも……』

どこからか、青い鳥のリオナが飛んできた。

自らの存在を誇示するように、雪希乃の顔のまわりをぐるぐるしている。それを眺めるうちに、不思議なイメージが湧きあがってきた。

……人語を話す鳥、羽毛の色は青が中心だが白・水玉・黒の箇所もある。

その姿形が人間の乙女に変化する──というイメージが見えた。

勝ち気そうな、目つきの鋭い少女。髪は長く、女王のように気位《きぐらい》が高そうだ。ほっそりとした裸身のまま鳥のように飛びまわり、天高くへ昇っていく。

そして彼女は──巨大な霊鳥の姿に化身《けしん》した。

太陽のごとく黄金に輝き、広げた翼の長さは二〇メートルを超す。めらめらと燃える焔を全身より発していた。

まばゆい《火の鳥》のイメージを幻視して、雪希乃はつぶやいた。

「忽然《たちまち》にして天陰《そらくら》く──。金色《こんじき》の霊《あや》しき鵄《とび》来《きた》りて、皇弓《こうきゅう》に止まれり……」

日本国に伝わる神話である。

金色の霊鳥がやってきて、神武《じんむ》天皇の弓に止まった。それが八咫烏。皇室の祖を道案内して、敵地より脱出させた〝導きの鳥〟──。

そして今、八咫烏はふたたび少女の姿にもどり、雪希乃のもとに飛んでくる。

「契約のしるしです。受け取りなさい」

「え……も、もしかして、それってつまり、そういう――」

すっと『飛ぶ少女』が顔を寄せてきた。

唇が雪希乃の唇へと近づいてくる。男性はもちろん、女性相手にもその手の経験を持たない女子高校生として、雪希乃は大いにあわてた。

「鳥さん、まさか私に恋をして……!?」

「変な勘ちがいはしない！　契約、盟約、力の伝達のため致し方なく！　そこのところ、いいですね！」

「あ、そ、そうよね。必要とか必然性のあることなら、まあ、仕方ないわよね……」

己《おのれ》が幻視するイメージの世界で、雪希乃はおそるおそる受け入れた。

十代後半の少女、ふたりの唇がしっかりと合わさる。その刹那《せつな》、物部雪希乃の心と体にすさまじいほどに強大な気がみなぎっていった。

直後に幻視が終わり、現実にもどってきた。

雪希乃の目の前には防御一辺倒に追い込まれたリチャード王がいて、魔剣エスカリブールを恃《たの》みに必死の体《てい》で救世の光をしのいでいる。

「ふぬあああああっ！」

「ほんと、暑苦しいったらありゃしないわ！」

雄叫《おたけ》びする獅子心王に辟易《へきえき》しながら、雪希乃は右手を動かした。

左手から出てきた救世の神刀《建御雷《タケミカヅチ》》、その柄《つか》をずっと握りしめていた手。五〇センチまで抜けた刀身を——さらにすっと引き抜く。

刃渡り一〇〇センチを超す大刀がいよいよ雄姿《ゆうし》を現した。

細身の刃《やいば》で、優美ですらある。しかし、この剣がいかなる大剣もおよばないほど強靱《きょうじん》かつ堅牢《けんろう》であることはまちがいない。

白金色の美々しい輝きを宿す刃。魔王殲滅《せんめつ》の神刀であった。

「いやあああああっ！」

神刀《建御雷》を横薙《よこな》ぎに一振り。

全てをふきとばす太刀風《たちかぜ》が生まれた。救世の光も、それを防ぐ魔剣エスカリブールとその輝きも、リチャード獅子心王も。

戦場を満たしていた光輝がきれいに消え失せて、緑の草地にもどる。

（やりましたね。みごとなお手並みです）

「青い鳥さん！　ありがとう、鳥さんのおかげだわ！」

火の鳥の少女からの念がとどき、雪希乃は礼を言ったのだが。

（だから鳥あつかいしないいっ！　呑みこみの悪い娘ですね！）

「ご、ごめんなさい。私、あわてんぼうなところがあって、つい……」

（以後、気をつけるように。——お、さすが円卓騎士団の筆頭騎士。とりあえず生きてはいたていた。

ようですね）

空から金髪の巨漢が『どさっ』と落ちてきた。

雪希乃の太刀風で高く放りあげられ、しばらく空中にいたようだ。

「ぐ……うううぅぅ……」

力なくうめきながら、リチャードは魔剣を大地に突き刺し、杖代《つえ》わりにして立とうとあがいていた。

しかし、がくりとつんのめり、倒れこみ——

大地に突《つ》っ伏《ぷ》す前に消えた。

彼の肉体は細かな光の粒子となって、さーっと愛剣に吸いこまれていく。魔剣エスカリブール。今まで振るっていた王の武具に。

「ど……どういうこと？」

雪希乃が首をかしげたとき。

またしても空からやってくる者が現れた。ただし、今度は落下ではなく着地。輝く光の翼を背中に生やした少年であった。

繊細な造りのととのった顔立ちで、かなり細身だ。

濃い灰色の髪にすみれ色の瞳。けだるげなまなざしが印象的だ。

「苦戦しているようだから、応援しにきたのだけど——残念だよ、リチャード。私が来るまで持ち堪《こた》えられなかったか」

浮き世離れした雰囲気の彼、美少年と呼んでも問題ない容姿である。

翼の存在もあって、どこか『天使』を彷彿《ほうふつ》とさせる。ただし、身につけたマントのような外《がい》套《とう》と陣羽織《じんばおり》はリチャードと同じものだった。

おそらく、円卓騎士団とやらの〝制服〟なのだろう。

少年は大地に突き刺さった魔剣エスカリブールに手をのばし、その柄をねぎらうようにやさしく撫《な》でてから、引き抜いた。

それから、ひどく呑気《のんき》そうな、春風駘蕩《しゅんぷうたいとう》とした口ぶりで言った。

「やあ。私はテオドリック。家臣を可愛がってくれたようだね」

「あのうざいおじさんのご主君――」

「申し訳ないが多少のお返しはしてやらないと、王の……そしてカンピオーネとしての面子が丸つぶれになる。すこしつきあってもらおうか」

6

「テオドリックくんって……《反運命の神殺し》の？」

「うん。よく言われるね。自分でもたしかに何度もそう名乗っている。とにかく私は『円卓の都』の王であり、円卓騎士団の盟主だ」

王を名乗る割に、ひどく軽やかな自己紹介だった。

テオドリックの目つきはけだるげなまま。だが、話す口ぶりは意外なほどに気さくで、そして、朗《ほが》らかだった。しかし。

「それで君は？　騎士団を統《す》べる者として、敵の名を問おう」

好戦的なリチャードの主君らしく、あっさり敵対宣言する。

雪希乃《ゆきの》は直感していた。目の前にいる少年がかつてないほどの大敵であると。言いしれぬ恐怖と緊張が込みあげてきた。

（まるで……桃太郎《ももたろう》先生と稽古《けいこ》しているときみたい！）

美貌の師はいつも温厚で、やさしい人柄だった。

稽古でも声を荒らげたりしない。しかし、対峙《たいじ》していると彼の底知れぬ実力と魂の偉大さが伝わってきて、雪希乃はひそかに恐怖したものだ。

今、眼前にいる人物は一体、どこまですさまじいのかと。

そして思う。テオドリック少年もまた武術の師・護堂《ごどう》桃太郎と同格に近い存在。当たって砕けてもかまわない心づもりで立ち向かう以外にない……。

その決意を胸に、堂々と名乗る。

「物部《もののべ》雪希乃――このヒューペルボレアに集《つど》った神殺しを全て打ち倒すため、救世《きゅうせい》の神刀を託された者！　《反運命の神殺し》と聞いた以上、私もあなたを野放しにするわけにはいかないわ！」

「……そうか。君は《運命》側の使徒なのか」

少年王テオドリックはけだるげな瞳をわずかに細めた。

「じゃあ敵どころか――最大の宿敵と言わざるを得ないな。今の言葉がたしかなら、君は魔王殲滅《せんめつ》の勇者。この世の最後に顕《あらわ》れる王その人なのだから」

「そこまで立派なものじゃないけど。いざ尋常《じんじょう》に――勝負よ！」

「いいだろう。君が救世の神刀を向けるのなら、私は盟友リチャードの魂そのもので受けて立つ」

テオドリックは魔剣エスカリブールを軽く一振りした。

自《みずか》らカンピオーネだと宣言した少年、その小柄な体にはまったく釣り合わないほどに魔剣は長大な刃《やいば》だった。

身長一九〇センチはある大男のリチャードが愛用していた品なのだ。

それをカッターナイフでもあつかうように弄《もてあそ》んでから、テオドリックは目の前の地面に魔剣を突き立てた。

「いくぞ、エクスカリバー。ブリテンの誇る〝偽《いつわ》りの王にして軍神〟の武具よ。かの王を殺《あや》めた私の軍門に降り――暗黒を呼べ！」

言霊《ことだま》に応《こた》え、大地に刺さった魔剣は黒い波動の放出をはじめた。

それは奔流《ほんりゅう》となって、雪希乃めがけて押しよせてくる！　雪希乃はとっさに救世の剣をかざして、聖なる光を解放させた。

「おねがい、救世の神刀！　私を守って――！」

（この剣だけじゃありませんよ。あなたを守護し、手助けする力は）

「え――？　な、何これ!?」

神刀を中段青眼《せいがん》に構えた雪希乃、白金色のオーラにつつみこまれている。

さながら光の天蓋《てんがい》。これだけでも頼もしい加護だというのに、輝くオーラがめらめらと燃焼しはじめた。

青白い焔《ほのお》。邪悪なるものを灼《や》く神火《しんか》。

燃ゆる白金の光に守られて、押しよせてきた黒い波動の直撃を受けても、雪希乃自身には傷ひとつつかない。

「さっき視《み》た八咫烏《やたがらす》の焔……どうして私のところに？」

驚く雪希乃本人よりも早く、カラクリを見抜いた者がいた。テオドリックが「ほお」とけだるげな瞳で瞠目《どうもく》していた。

「なるほど。二対一だったか」

（ええ！　古代日本の神霊がタッグを組んで、アーサー王殺しのカンピオーネさまに挑戦してるんです！　救世の剣タケミカヅチと八咫烏の生まれ変わり――鳥羽梨於奈《とばりおな》とこの娘、ひとりずつだとせいぜいあなたの半分程度の力ですけどね！）

その念は雪希乃の体の奥底から放たれるものであった。

八咫烏の転生体だという鳥羽梨於奈――彼女の念。それはしかし、現世《うつしよ》の者にも聞こえる声となって、凛然《りんぜん》とひびきわたる。

（ふたりがひとつになれば、神殺しさまにもそう見劣りしませんよ！）

「鳥さん！　あなた、私のなかに入っていたのね！」

（天地和合、火水和合、陰陽和合……本来、べつべつの道を往《い》く二者であっても、いにしえの縁《えにし》を恃《たの》みにたがいの心魂を和合させる。そのために交わした契約です）

なるほど。さっきの接吻《せっぷん》にはそういう意味が――。

納得し、感動する雪希乃へ、少女の念はさらに呼びかけてくる。

（いわば日本神話版のフュージョン……そのうえ短時間なら、スーパーサイヤ人にだってなれますよ。こんなふうに）

「――!?」

雪希乃の心身にそなわった〝気〟が爆発的なほどにふくれあがった。

魔力、呪力などとも呼ぶ。神々、神裔《しんえい》、呪術師たちの使う権能《けんのう》や霊力は、その身にそなわった気が強いほどに威力を増す。

その瞬間、救世の神刀から極大の稲妻が放たれた。

それを浴びたのは、もちろん聖王テオドリック。小柄な少年の背に生えた光の翼――形状としては鳥のそれに似た翼がふくれあがり、持ち主の体をつつみこむ。

「大天使ウリエルより簒奪《さんだつ》した権能《輝く天上の翼》……」

自らの翼に守られながら、テオドリックは言った。

雪希乃と神刀が放った雷撃、山ひとつを焼き尽くして樹木の一本も残らない禿《は》げ山に変えうるほどの威力だったはず。

しかし、その大雷《おおいかずち》は少年の翼に当たって、あっさり霧散《むさん》していた。

「飛ぶ以外の使い方をさせられたのは、ひさしぶりだ。これは思いのほか――楽しめそうに思えてきた。いいぞ、おまえたち。リチャードの意趣返《いしゅがえ》しは取りやめだ。ここからは仕切り直して、私自身の遊戯とする」

少年は気さくな口ぶりで、しかし、ひどく傲慢《ごうまん》な言葉を吐き出した。

「王として命じる。私をもっと楽しませろ」


アーサー王殺しの〝同族〟テオドリック。

うわさに聞いていたカンピオーネと、六波羅蓮《ろくはられん》はついに接近遭遇を果たした。

が、さっきまで梨於奈といっしょにいた木陰に留《とど》まったまま、自身の存在を示さず、戦場を空へ移した〝聖王〟の戦いぶりに見入っていた。

「さすが天使の翼があるだけあって、飛ぶの上手《うま》いね」

「ま、あのうざい剣神の娘も、鳥娘がついているから大丈夫でしょ。ほら、結構器用に飛びまわってるわよ」

蓮の左肩に、元祖パートナーのステラが腰かけていた。

ふたりで見あげる空では、超常の空中戦《ドッグファイト》が繰りひろげられている。

「ははは！　私はここだ、追いついてみろ！」

「くうぅっ。完全に遊んでいるわね！　あのテオドリックって子、天使みたいな見た目なのに、めちゃくちゃ性格悪いわ！」

（性格おかしいのは神殺しさまたちの基本《デフォ》ですよ、基本《デフォ》）

ジグザグに飛翔して、テオドリックは一箇所に留まらない。

上下左右ななめと気まぐれに動いて、にやにやしながら、必死で追いかけてくる雪希乃を眺めている。

そう。雪希乃も今、青白い焔につつまれながら飛翔していた。

八咫烏である梨於奈の力を借りて、風に乗ったツバメのごとく空を駆けているのだ。テオドリックの縦横無尽《じゆうおうむじん》な動きにもどうにかついていっている。

速さといい、空中での機敏さといい、テオドリックといい勝負だった。

ただし、雪希乃自身は困惑《こんわく》しているようで、

「私、まっすぐ、速く飛ぶのは得意だけど、こういうのは初めてで――」

自信なさそうに言う。

ただし、彼女の内に宿った『女王さま』は取り合わない。

（そりゃ《雷》属性持ちのタケミカヅチですからね。そうでしょうよ。でも、今は八咫烏である鳥羽《とば》梨於奈《りおな》さまが導いてるんです。しっかり飛びなさい）

「はい、お姉さま！」

（お、おね――!?）

「だって、鳥あつかいしたら駄目なのでしょう？」

（いや、そうは言いましたけど、今どき『マリア様がみてる』ってのも……って、そんなことより前を見なさい、前！　今は戦闘中っ！）

「わかったわ。まかせて、お姉さま！」

（………）

ある意味、話をはずませている少女ふたりへ、テオドリックの攻撃が迫る。

魔剣エクスカリバーを持つ少年王。ただし、その剣で斬りつけるような――まともな攻撃方法は選ばない。

「我が存在そのものを『剣』に変えよ。我と共に進め、エクスカリバー！」

軍師が采配を振るうように、魔剣を無造作に振りまわす。

途端に刃《やいば》より湧き出た黒い波動が少年王を球状につつみこみ、そのまま砲弾のごとく雪希乃へと突っ込んでいく。

「いやあああっ！」

雪希乃は救世の神刀を横薙《よこな》ぎにして、黒い砲弾を払いのけた。

その動き、まさに剣術の極意そのものが体現された洗練の極致。あくまで『自分流』にしか剣を使わないテオドリックとは真逆《まぎゃく》の闘法であった。

ただし、神刀の一太刀《ひとたち》を浴びても、

「ふふふふ。なかなか心地よい刺激だ、救世の勇者。その調子で励めよ」

「う、上から目線でほんと、むかつく子！」

ラケットで打たれたテニスボールよろしく飛んでいきながら平然とほくそ笑み、雪希乃をくやしがらせていた。

エクスカリバーの黒い波動は当然のように健在。

ダメージはほぼゼロだろう。蓮はしみじみとつぶやいた。

「テオさんってさ。性格の悪さをのぞけば、意外と草薙《くさなぎ》先輩に似てるね」

早くも〝同族〟を愛称で呼び、ぼそりとつづける。

「剣を素直に剣として使わないところとか。仲間は大事にするところとか」

「ああ、あの野暮《やぼ》ったいあいつね。最近うわさを聞かないけど、何をやってるのやら。それより蓮、気づいている？」

相方らしく、ステラが助言を耳打ちしてくれた。

「鳥娘との絆《きずな》を介して、蓮の呪力を剣神の娘に注ぎこんだわけだけど——鳥娘とちがって、正式な眷属《けんぞく》じゃない。そのうち体が保《も》たなくなるわよ」

「みたいだね。梨於奈も同じことを不安がってる」

「早めに勝負をしかけないと、テオドリックとやらに遊ばれるだけ遊ばれて、剣神の娘は勝手に力尽きるでしょうね……」

六波羅蓮と鳥羽梨於奈は、第三の権能《翼の契約》によってつながっている。

翼ある女神ニケより簒奪した力。

飛翔する者をパートナー――六波羅蓮の分身に変え、強化する。蓮が持つ『カンピオーネとしての膨大《ぼうだい》な呪力』を分けあたえることもできる。それを使って梨於奈が八咫烏の焔や閃熱《せんねつ》を放てば、通常時など比較にならないほど威力はブーストされる。

実は今もそうだった。

蓮が梨於奈に呪力を送り、それを梨於奈と雪希乃で分け合い、神の末裔《まつえい》ふたりのパワーを大きく底上げさせていたのである。

「これも鳥娘が不甲斐ないからよ！」

ステラがぷりぷりと言った。

「むかつく魔女の羅濠《らごう》につかまって、鳥の呪詛《じゅそ》をかけられて！　火の鳥どころか人間にも化身《けしん》できない体にさせられたんだから！」

「僕もネメシスさんの権能を使えないままだからね。きつい戦力ダウンだよねえ」

蓮は苦笑いして、ぼやいた。

厩戸皇子《うまやどのおうじ》と鳥羽芙実花《ふみか》が『屍者《ししゃ》の帝国』を築いた。そうと聞いて、蓮たちは何事が起きたのかと急いでヒューペルボレアにもどってきた。

あれから起こりすぎるほどにいろいろ起きて――

梨於奈は師・羅濠教主に呪詛をかけられた。自力で呪詛を打ち破れる日が来るまで、小さな鳥の姿でいよという。

以来、アオカケスに変えられたまま、持てる能力の全てを解放できないでいる。

また蓮自身も第一の権能《因果応報《いんがおうほう》》を失っていた。

女神ネメシスより簒奪した。六波羅蓮に神速の逃げ足と、敵の攻撃をさまざまな形で反射する『クロスカウンター』をあたえてくれた力だ。

今となってはなつかしい、蓮たちのユニバースが女神アテナに滅ぼされた決戦。

あのとき世界の滅亡をリセットするために、蓮は『最後の希望』の力を借りて、一世一代の威力で《因果応報》をしかけたのだ。

世界を滅ぼした終末の軍団。その悪行へ正義の報《むく》いを下せと。

『頼むよ、ネメシスさん。生きとし生けるものを全て消滅させた元凶……終末の獣たちに、ふさわしい報いを僕といっしょにあたえてくれ！』

もろもろの助力を受けて、蓮の願いは成就《じょうじゅ》して――

世界は滅亡前の姿をとりもどした。が、限界を超える難行に挑んだ報いなのだろう。六波羅蓮は権能《因果応報》を使えなくなり、今に至る。

「ま、なくなったものは仕方ないよ」

天性の楽天家である蓮は、へらっと笑った。

「戦力がないなら、ないなりの戦い方をすればいい。僕と梨於奈の考えた『忍びの者』作戦で当分はがんばってみよう！」

「そうね。蓮の正体を知ってる〝同族〟は何人かいるけど――」

しみじみステラが言う。

「徒党を組んでおしゃべり、情報交換なんてほとんどしない連中だものね。むしろ顔を合わせればいがみ合うばかりの暴れん坊ぞろいで……。現にあのテオドリックとやらも、蓮の正体に全然気づいてないわ」

「そして僕にはまだ、元祖パートナーのステラがいる」

にっこり笑って、左肩に腰かけた小女神へ要請《ようせい》する。

「例のあれ、頼むよ。……女神アフロディーテ。君が持つ《友達の輪》を僕のために使ってほしいな」

「ええ。――来ませい雷神トール！　風雪舞う北の蛮地に君臨する雷神よ！」

すっくと蓮の肩で立ちあがったステラ、高らかに叫んだ。

その小さな腰に巻かれた帯が薔薇《ばら》色に輝いていた。ステラこと愛と美の女神アフロディーテが持つ神具。身につければ、愛慕《あいぼ》と友愛の情を意のままに操れる。神々でさえ、その霊験《れいげん》にはあらがえない。

だが、それはすぐ近くにいればの話。

かつてステラと仲よくなった雷神トール、北欧神話の住民だ。

異なる神話世界にいる者に、友情の呼びかけはとどかない――はずなのに。

「来ませい、雷神トール！　いまや多元宇宙は人間どもの言う空間歪曲《わいきょく》だらけ。無数の通廊《つうろう》が現れ出て、世界と世界をつなぐ抜け道だらけとなったわ！　今なら御身《おんみ》もここヒューペルボレアへ到来できるはず。だから、来ませい雷神トール！」

『――応《おう》！』

再三の呼びかけに、ついに反応があった。

快晴だった空がいきなり陰り、天に黒雲が満ちていく。『ドォオオオンッ！』と雷鳴がとどろき、一筋の稲妻が蓮たちの前に落ちた。

焦《こ》げくささと煙が立ちこめ、それらが消え去ったあとには。

「ひさしぶりだな、異国の小さな友人よ。おまえに呼ばれたとあっては見過ごすわけにもいかぬ。雷神トールは今も変わらず正義の守護者、そしておまえの友でもある」

「ありがとうトール、あなたの助太刀《すけだち》が必要なの！」

満面の笑みでステラは礼を言った。

片膝《かたひざ》立てた姿勢で見栄《みば》えよく着地を決めた青年、金髪碧眼《へきがん》でなかなかのハンサム。何より筋骨隆々《りゅうりゅう》として逞《たくま》しく、男くさい。

その巨体には、鎖かたびらと赤いマントを着込んでいる。

右手には鋼《はがね》の籠手《こて》と――柄《え》の短いハンマー《ミョルニル》。北欧神話の誇る雷神の代名詞とも言える武具であった。

「聞け、神殺しの獣よ！　友の呼び声に応えて参上した俺、雷神トールの名を！　今より貴様の敵となる男の名前だぞ！」

神殺しテオドリックと雪希乃が追いかけっこをしていた空に――

暑苦しく名乗りをあげて、大男が割り込んできた。

しかも彼は全身からバチバチ火花と電光をまき散らしながら飛んできて、手に持つ重厚なハンマーをテオドリックに振りおろしたのである。

「なに――トール？　おおっ!?」

ずっとけだるげな瞳だったテオドリック。

余裕のポーズを崩すことのなかった彼が、初めて驚嘆《きょうたん》の表情を見せた。

光の翼――《輝く天上の翼》でとっさに我が身をおおい、ハンマーの一撃を防ぐ。しかし必殺の鉄槌《てっつい》は当たった瞬間に電光を放つ。

ドォォォォオオオオオン！

至近距離からの電撃を浴びて、テオドリックの体がふっとばされた。

キューで撞《つ》かれたビリヤードの玉よろしく空中を飛んでいく小柄な神殺し、びっくりした顔は邪気のない少年のようだった。

「なぜ北欧の英傑《えいけつ》がヒューペルボレアなどに？　雷神トールよ、私は御身の名も偉業も承知しているぞ!?」

「それは重畳《ちょうじょう》。まあ細かいことは訊《き》くな。俺も実はよく知らぬ」

「なんとまあ……。ははは、今日は楽しいことが多い日だ。実にいい日だ」

この急展開に、テオドリックはくつくつ肩をふるわせて笑う。

笑いながらエクスカリバーを振りあげ、黒い波動をまとい、砲弾と化して雷神トールへと突っ込んでいった。

「いいだろう、トール。御身との遊戯も楽しませてもらう」

「うむ！　そうでなくては戦士と言えぬ。受けて立つぞ、神殺し！」

ぶつかり合う黒い波動と雷神のハンマー。

そして、にわかにはじまった空中戦を前にして、呆然《ぼうぜん》とする雪希乃のなかで鳥羽梨於奈がうんうんうなずいていた。

(愛の女神の手練手管《てれんてくだ》、ヒューペルボレアではやっぱりいつも以上に効果的でしたか。わたしの仮説どおりです。さすがですね、わたし！)

「ど、どういうこと、お姉さま？」

(六波羅さんといっしょにいたミニ女の子、実は美と愛の女神アフロディーテ……の成れの果てなんです。今もあちこちに昔の愛人や男友達がいるから、緊急時には助っ人要請もできるんですよ)

「あの子も女神さま!?　なんてことなの！」

(それよりあなた、雪希乃といいましたか。今が千載一遇《せんざいいちぐう》のチャンスです。トールといっしょにダブル稲妻《サンダー》になって、テオドリックにがつんと喰らわせてやりなさい。火と火がひとつになって『炎』になるノリで！)

「えー――ええ！」

(いい返事ですよ、雪希乃！)

八咫烏の転生体であるお姉さまに励まされて、雪希乃は集中する。

あらゆる想いを昇華《しょうか》して、純然たる剣たるべし——。

荒ぶる雷神と黒い波動をまとう少年王が接近してはぶつかり合い、すぐに離れ、また激突という戦いを繰りひろげている。

その闘争に、雪希乃も全力全速で割り込んでいった。

「やああああああああああっ！」

救世の神刀をまっすぐ突き出し、トール同様に全身から稲妻をまき散らして直進。剣を持つ雷撃と化して、テオドリックに渾身《こんしん》の両手突きをぶつける……！

「む——!?」

今まで雪希乃には、常に遊び半分の顔しか見せなかった。

しかし、聖王テオドリックはついに真剣な面持《おもも》ちで急上昇をはじめた。雷神トールと魔王殲滅の勇者を同時にしのぐのはむずかしいと判断して。

「おのれ、どこへ行く!?」

トールが怒声をあげる。そして雪希乃は追いかける。

まっすぐ。まっすぐ。まっすぐ。高度を上げて間を取ろうとするテオドリックにそれを許すまいと、こちらもまっすぐ急上昇して間を詰める。

おそらく、テオドリックは剣術を知らない。

だから間合いの駆け引きを知るまい。間とは距離だけを意味しない。時機、タイミング。拍子とリズム。それら全てをひっくるめて『間合い』という。雪希乃の剣術家としての勘が告げていた。この機に追いつめなければ、しとめられない！

「く……とどけえ！」

「いや。君の持つ救世の神刀、私にとどくことは――なに？」

その刹那《せつな》、なぜかテオドリックは減速した。そう見えた。

稲妻にはそれで十分。一気に間を詰めた雪希乃。

テオドリックはすぐさま光の翼で我が身をつつみこむ。

そして、神刀の切っ先が盾《たて》代わりの『翼』をつらぬき、守護されていた少年王の痩軀《そうく》にも突き刺さり――

（火と日の秘詞《ひめことば》、諸々《もろもろ》の罪穢《けが》れを禊《みそ》ぎ、祓《はら》い給《たま》え！）

「ちはやふる神の御裔《みすえ》のわれら、祈りし事のかなわぬは無し――我が雲耀《うんよう》の一太刀も、穢れを禊ぐ刃《やいば》たれ！」

テオドリックの体に、八咫烏の火焔と剣神の電撃が注ぎこまれた。

「お――おおおおおっ!?」

歳若いカンピオーネの絶叫が空にひびきわたる。

彼はけだるげな瞳で雪希乃を一瞥《いちべつ》してから、魔剣エクスカリバーで救世の神刀を払いのけ、そのまま――すさまじい速さで飛び去っていった。

「ま、待ちなさ……あ、あれ？　何だろう、心臓がすごくバクバクいってるわ」

（スーパーサイヤ人化もそろそろ限界のようですね。雪希乃、地上にもどりなさい。もうタイムアップです。神殺しさまもどこかへ行っちゃいましたしね）

はあはあと息を荒らげる雪希乃へ、梨於奈の念が言い聞かせる。

（あの人たちは窮地《きゅうち》に立つほどしぶとく、生き汚い存在になるんですよ。あんなのを全て殲滅するなんて、相当な試練の旅になりますよ）

「本当にそうね、お姉さま……」

痛いほどに激しく、心臓が脈打っている。

もう無理は利《き》かないようだ。雪希乃はゆっくりと高度を落とし、地上めざして降下していった。

「私は今……何をされた？」

瞬時に撤退の英断を下したテオドリック。

空を飛翔しながら、いぶかしんでいた。あのときたしかに、テオドリックの飛行を妨害する何らかの力がはたらいたような――。

もしくは、考えすぎなのか。

とにかく神殺しの獣らしく、テオドリックは考える。

今は仕切り直し、傷ついた体を休めるべきだと。自分たち〝カンピオーネ〟の生命力は過《か》剰《じょう》なほどに旺盛なのだ。すぐに万全の体調となる……。

「新しい権能にも、ずいぶん慣れてきたよ」

「そのようね。バカ女神アテナとの騒動でネメシスの権能を失った分、しっかり使い倒してやりましょうよ」

地上の六波羅蓮はにやっと微笑み、その肩でステラもけしかける。

蓮はゆっくり空からもどってくる雪希乃を見あげていた。その左目、虹色の光彩をたしかに宿している。

だが、それもわずかな間のみ。

雪希乃が大地に降り立つときにはすっかり消えて、いつもどおりであった。

幕間4 ——interlude 4——

◆六波羅蓮《ろくはられん》、運命の御子《みこ》と共にフォービドゥン・レルムズの旅路につく

「この土地、ヒューペルボレアと言ったか」

戦い終わって、雷神トールは無邪気に言った。

「なかなか面白そうな神域ではないか。すこし旅してまわるとしよう」

「あら。いいわね」

蓮の左肩に腰かけて、ステラが笑いかける。

「じゃ、機会があったら、また呼ぶわ。そのときはどこかで酒盛りでもしましょう」

「うむ！　では暫《しば》しの別れだ。小さき愛の女神よ。そして古き戦友たちよ。父オーディンのあごひげにかけて、また再会したいものだな！」

豪快に言いのこして、トールは飛び立っていった。

蓮たちが造りあげた『享楽の都《きょうらく》』、その北通用門に程近い草地である。

にぎやかな《反運命教団》の野外フェス、さらにリチャード一世がひきいてきた獅子隊《ししたい》の掃《そう》

討《とう》も終わり、静寂《せいじやく》を取りもどしている。

しかし、不機嫌な者がひとりだけいた。

「北欧の神様なんかがうろつくようになったら、ヒューペルボレアの混沌《こんとん》がますますエスカレートしてしまうわ！　反運命の気運がさらに高まって、大変な事態になるんだから！」

雪希乃《ゆきの》がいらだった口ぶりで文句を言う。

もっとも、当の召喚者はのんきなものであった。

「この程度なら、大丈夫でしょ。うるさいわよ、うざ娘」

「そうそう。トールさんが近くにいれば、次の助っ人要請もかんたんだし」

ステラのお気楽な答えに、蓮も調子よく合わせる。

雪希乃は「もうっ」と怒りだした。

「まったく、なんて人たちなの！　チャラいし盗みはするし、神話の秩序にも無頓着《むとんじやく》で！」

「神話の秩序を云々《うんぬん》するなら、わたしと雪希乃嬢こそ問題ですけどね」

空から青い鳥――アオカケスが降りてきた。

蓮の左肩にはステラがいる。その逆の右肩に鳥の姿で梨於奈《りおな》は留《と》まり、

「八咫烏《やたがらす》とタケミカヅチの生まれ変わり……日本神話の神霊がヒューペルボレアなんて神話世界にいる状況、ちゃんぽんもここに極まれりですよ」

「私たちはいいの、お姉さま！」

いかにも梨於奈らしい、皮肉っぽいコメントを聞いて。

雪希乃はきらきらした瞳で蓮の右肩——そこに留まった梨於奈へにじりより、熱っぽい口調で訴えた。

「私たちはいわば運命の姉妹！　そう思わない、ねえ!?」

「思わない、ですけどねえ……」

言葉は同じでも疑問形の雪希乃、否定形の梨於奈。

が、詰めよる方は気にもせず、変わらぬ熱量でさらに呼びかける。

「お姉さま。多元宇宙に秩序をとりもどすため手に手を取って、いっしょに支え合っていきたいわ！　どうか雪希乃についてきて！」

「あ——まあ、それはべつにいいですけどね」

「本当!?　なら、ふたりで《反運命の神殺し》どもを残らず探し出して、こらしめてやりましょうね！　まずさっきの性格悪いテオドリック。それから、途方もなく邪悪そうなクシャーナギ・ゴードーってやつを！」

このとき、雪希乃は気づいていなかった。

ひそかに蓮と青い鳥の梨於奈が目配せを交わしたことに。

（ご主人さま。勇者さまの魔王殲滅《せんめつ》クエストについていって、この娘を囮《おとり》に、征服欲が旺盛すぎるカンピオーネたちの勢力をつぶしていきましょう）

（了解。ヴォバンさんとかテオさん、反運命教団とか、いろいろヤバいしね）

（うちのお師匠《ししょう》さまもどうにかしたいところです。わたしにかけられた呪いもそろそろ破術しないとまずいですよ！）

（草薙《くさなぎ》さん、アイーシャさんも今頃どうしてるんだかねえ……）

主と眷属《けんぞく》として、念をやりとり。

肉声でも文でもない意思伝達。だから雪希乃は気づきもせず、あるチャレンジを試みようとしていた。

「我が祖タケミカヅチ、軍神にして世界を救う剣そのものよ……御身《おんみ》に請《こ》う、救世《きゅうせい》の神刀と成りて、我が手に示現《じげん》し給《たま》え」

両目を閉ざし、精神集中して深呼吸。

それから、かっと目を見開いて――左手のひらという鞘《さや》から、輝く神刀を右手で引き抜いてみせた！

刃渡り一〇〇センチを超す刀身が神々《こうごう》しい輝きを放っている。

雪希乃は救世の神刀《建御雷《タケミカヅチ》》を振りまわし、無邪気に笑いかけてきた。

「できたわ、お姉さま！　これを見て！」

「……たしかにまごうかたなき救世の神刀。よ、よくひとりで抜けましたね」

「なんとなくできそうな気がしたの。この剣を抜くコツみたいなものも、お姉さまといっしょにやってみて、だいぶわかったし」

（蓮。それに鳥娘にも、一応、忠告しておくわよ）

今度は、蓮の体と同化中のステラが念を送ってきた。

愛の小女神も梨於奈も、共に蓮の分身だと言える。その霊的連結のおかげでスカイプ会議よろしく、三者でのやりとりが可能なのだ。

（この娘が何度か言ってた『反運命の気運』ってやつ、たぶん本当よ。今日、うざ娘がテオドリックを撃退したことで、その気運がすこし弱まったみたい）

（ねえステラ。それ、彼女が刀を抜けたことと関係あり？）

（大あり。反運命が弱まった結果、世界の行く末を筋書きどおりに運ぼうとする力――運命修正の秘力がわずかに発動したのでしょうよ）

（!?　六波羅さんが世界の終わりをリセットさせたときの！）

（僕の《因果応報《いんがおうほう》》を手助けしてくれたやつか！）

（今回、運命の修正力はうざ娘を事あるごとにパワーアップさせて、帳尻を合わせようとしている――そんなふうに感じるわ……）

おそるべき女神の託宣《たくせん》。梨於奈も感じ入っていた。

（囮に使うつもりで利用していると、最強最大の敵を育ててしまう――そういうリスクもあるわけですか。本当に厄介《やっかい》な勇者さまですねえ……）

明朝、物部《もののべ》雪希乃は旅立つ予定である。

青い鳥のお姉さま・鳥羽《とば》梨於奈はもちろん同行する。

ただし、それは『享楽の都』政府の諜報《ちょうほう》活動の一環でもある。だから〝同僚〟の六波羅蓮とステラもいっしょについていく――。

それを聞いた雪希乃、だいぶ不機嫌そうであったが、強引に押し切った。

「というわけで、僕たちはしばらく留守にするよ」

「はい……。お帰りをお待ちしております」

女王の寝室、その豪奢《ごうしゃ》な寝台で。

蓮とカサンドラは褥《しとね》を共にしていた。上半身が裸の蓮、部屋の主である女王の方も薄布の夜着だけという格好だ。

ふたりだけのひとときを愉《たの》しんだあとの、寝物語であった。

「何かありましたらジュリオさまとよく相談して、乗り切って参ります。蓮さま、都のことはわたくしたちにおまかせください！」

「ははは。カサンドラもいつのまにか女王さまの貫禄《かんろく》ばっちりだ」

心おきなく旅立てるようにという気遣《きづか》いか。

力強く言い切るカサンドラ。蓮は微笑んで、ちらりと部屋の壁を見る。

「いざとなったら、僕らにはあいつもあるしね」

「はい。救世の武具を切り札とするのは、雪希乃さまだけではございません」

女王の寝室。その壁に一振りの長槍《ちょうそう》が掛けられている。

蓮たちが『世界の終わり』と直面した事件。あのとき降臨した《救世の神刀》の刃を穂先にすげかえて、一振りの槍へと新生させた。

ゆえに、この武具は《救世の神槍《しんそう》》――。

神話世界ヒューペルボレアは現在、神と神殺し、神の子、英雄豪傑《ごうけつ》らが入り乱れるコロシアムのようなもの。

その戦乱において、救世の武具は必ず大きな役割を果たすはずなのだ。

あとがき

みなさま、おひさしぶりです。

……と、集英社スーパーダッシュ／ダッシュエックス文庫より刊行された『カンピオーネ！』『神域のカンピオーネス』シリーズの片方、もしくは双方をすでにお読みの読者さまへ宛てて書き出してみましたが。

この本、前述のシリーズ未読でもお楽しみいただける仕様です。

書店の棚で見なれぬ本をふと手に取ってみた――そのような方にも是非お読みいただきたい新シリーズ、ついに刊行されました。

やけに癖《くせ》の強いキャラが次々と大きな顔をして出てまいりますが、気にせず読み進めていただければ幸いです。

さて。

逆に草薙護堂《くさなぎごどう》、六波羅蓮《ろくはられん》といった各キャラの素性を全員、もしくはそこそこ承知しているぞというみなさま。

あちこちでほのめかしていた新シリーズの開幕です。

『カンピオーネ！』＆『神域のカンピオーネス』両主人公が競演した作品として、すでに『神域～』四巻の特装版に付属したオーディオドラマがございます。

このドラマを小説に仕立て直したものが本作の第一章。

音だけのメディアでは説明のむずかしかった部分――護堂が神話世界ヒューペルボレアまでやってきた背景などもちょこちょこ加えております。

ふたりの神殺しが初遭遇を果たすファーストエピソードです。

神話世界ヒューペルボレアの文明レベルが地球出身者によって大きな変革を迎えていく――その前夜を描いた第二章。

第三章は、新たな勇者の誕生劇。

そしていよいよ第四章にて、カンピオーネをはじめとする地球出身者の力で建国された〝八つのフォービドゥン・レルムズ〟に『魔王殲滅《せんめつ》の勇者』が降臨。神殺しの魔王どもを全て打ち破る試練の旅が開幕とあいなります。

また、勇者の旅立ちへ至るまでの間には、

『あんなことがあった、こんなこともあった』

という諸事情を匂《にお》わせる記述もちょこちょこございます。

シリーズ二巻以降では、そのあたりをプレイバックするエピソードも交えつつ、新米勇者さまと各地に蟠踞《ばんきょ》する魔王諸氏を描いていきたいところです。

神様を殺し、その権能《けんのう》を簒奪《さんだつ》したカンピオーネの設定とキャラクター。

この連中が誕生して、一〇年以上の月日が流れました。創造主である僕にも、以前は想像すらしなかったプライベートイベントがいくつも発生し、柄にもなく『人生ってのはわからんもんだねえ』と物思う昨今です。

縁あって、元の飼い主から僕が保護する形で引き取った愛犬一号。

長いことワガママなきかん坊でしたが、最近ではときどき忠犬めいた仕草を見せるようにもなりました。

ぽやっとした性格だった愛犬二号は子供っぽい一号の面倒をよく見て、歳下なのに兄貴風をふかしています。

感染病が世界にパンデミックするなか、それでもにぎやかな家族に囲まれ、小説家としてのデビュー作に登場させたキャラたちをいまだに書きつづけていられる自分の現状、ひどく贅沢《ぜいたく》で、幸せであると心から思います。

これも作品を読んでいただけるみなさまがいらっしゃればこそ。

厚くお礼を申し上げつつ、次巻でまたお目にかかれればとご挨拶《あいさつ》させていただきます。では、では。

この作品の感想をお寄せください。

あて先　〒101-8050　東京都千代田区一ツ橋2-5-10
集英社　ダッシュエックス文庫編集部　気付
丈月 城先生　BUNBUN先生

ダッシュエックス文庫

カンピオーネ!　ロード・オブ・レルムズ

丈月 城

2020年6月30日　第1刷発行

★定価はカバーに表示してあります

発行者　北畠輝幸
発行所　株式会社　集英社
〒101−8050　東京都千代田区一ツ橋2−5−10
03(3230)6229(編集)
03(3230)6393(販売／書店専用) 03(3230)6080(読者係)
印刷所　凸版印刷株式会社

ISBN978-4-08-631367-4 C0193